# 注射器2

CHUSHAKI 2

HIRASAWA HOSPITAL STORY

アーヴォリオ　原作

島津出水　著

こうよう　原画

PARADIGM　NOVELS 127

# 登場人物

**真堂桜子《しんどうさくらこ》**　武の学生時代の恋人。現在は看護婦として働いており、病院で再会する。

**中谷《なかたに》武《たけし》**

無職のために金がなく、借金取りに追われる生活をしている。部屋に生えていたキノコを食べて腹痛を起こし、平沢総合病院に運び込まれてしまう。

**若菜楓《わかなかえで》**　看護婦３人組の中ではリーダー的存在。クールな性格の割に子供好きな一面も。

**斑鳩《いかるが》いづみ**　桜子の同僚。おっとりた優しい性格の少女。豊満な胸を武にねらわれ…。

**汐華鈴奈《しおばなれいな》**　葵と親友の女医。昼間はボーっとしており、油断するとすぐ寝てしまう。

**狐塚葵《きねづかあおい》**　女王様のような派手なルックスだが、見かけによらず女医としての腕は一流。

入院初日 鈴奈

入院6日目 葵

入院7日目 桜子

# 目次

# 入院前夜

住所不定というワケではない。

中谷武《なかたにたけし》にも、れっきとした自宅――とはいっても、古アパートの一室だが――がある。

ただ、連日連夜、借金取りが押し掛けてくるので、自宅に寄りつけないだけなのだ。

武がこの夜、自宅から遠く離れた公園のベンチで束の間の睡眠をとっていたのも、借金取りの追跡の手を逃れている真っ最中だったからである。

しかしこの夜、彼を襲ったのは借金取りでも、野犬でもなかった。

――腹痛である。


「ぐあっ！　あおおお……」

つい、声に出して叫んでしまう武。

(な、何だ……この、下痢と腸捻転と盲腸が一緒に襲いかかってきたみたいな、このデタラメな激痛わっっ……!?)

冷や汗が噴き出し、後頭部がしびれる。激痛のあまり貧血症状を起こしているからか、目はずいぶん前から見えていない。

(どーして、こんなコトに……ナニがいけなかったたってんだ!?)

クラクラする頭で、必死に考える。

(食中毒ったって……オレ、ここ最近、ロクにモノを食ってなかったハズだぞ⁉　確か、最後にメシ食ったのは、ええと……)

そして、出た結論は――。

(……お、思い出せん！　思い出せないくらい前じゃないか！　じゃあ、何でこんなに腹が痛いん……ぐおおおっ‼)

武の思考は、さらにエスカレートする腹の激痛にさえぎられた。

キュルルルル――いびつな音色が、武の嘔吐《おうと》衝動を刺激する。まるで内臓を掻《か》き回されているような、耐え難い下腹部の痛みと不快感。

(ヤ、ヤバイっ……先っちょがはみ出てきたっ……あっあああああ！)

やがて、激痛は直腸を乱打し、肛門《こうもん》をこじ開け始めた。

全身に鳥肌が立ち、悪寒が意識を混濁させる。

(ク、クラクラしてきた……どうして、こ、こんなコトに……)

次第に遠のく意識の中で、武は弱々しく、自らの運命に不平を漏らすのだった。

「イ、イヤだ……こ、こんなクダラナイ死に方……オレは認めんぞ……」

――武は気付いていない。自分がいつの間にか、車に乗せられていたことを。

その車が、どこに向かっているのかを。
そして——車の行く先で、どのような再会が待っているのかを。
武を乗せた白い車は、サイレン音を響かせながら、夜の大通りを駆け抜けていった。

# 入院初日

(どーしても死ぬんなら、せめて地獄には行きたくねーなー……閻魔《えんま》大王のアホヅラ見たって、面白くねーしなー……)

まどろみの中、武はボンヤリと考えた。

(第一オレは、地獄に落とされるほど悪いコトなんかしてないぞ？　せいぜい、借金踏み倒して、借金取りに追い回されてる程度だし……)

――かなりふてぶてしい男である。

(どーせなら、天国に行って、天使のねーちゃんたちとシッポリ……ん？)

ふと、気付く。

鼻腔《びこう》に、かすかな女性の――それも若い女性の、甘酸っぱい体臭。

(オレの大好きな匂《にお》いだ……どーなってんだ？)

彼は怪訝《けげん》に思いながら、おもむろに目を開け――そして驚愕《きょうがく》した。

そこには、武がかつて見たことのないほど大きい、それでいていかにも柔らかそうな、二つのふくらみがあったのだ。

(おおぅっ⁉　コ、コレはまごうことなき乳っ！　しかも極上のボインちゃんじゃないですかぁ！)

手で掴《つか》めば確実に指の間からはみ出しそうな豊満な乳房が、服の生地に包まれながらも細かく弾《はず》んでいる。武が〝ボイン〟などという死語を使って興奮するのも、無理はない。

これはもしかすると、〝天使の祝福〟なのだろうか――？

「……でへへへ。そーいうことなら、ご厚意に甘えないとねぇ～……ムニュッとな♪」

武はためらうことなく、目の前の胸を鷲掴《わしづか》みにした。

途端に。

「きゃあぁっ!?」

「どわっ!?」

――可愛《かわい》らしい悲鳴が、彼の鼓膜を貫いた。

「いやぁン、胸揉《も》まれたあぁ～ん！」

それは、白衣に身を包んだ少女の叫び声だった。

大きな丸眼鏡《まるめがね》とお下げ髪が、ホンワカとした感じの目鼻立ちにシックリとフィットしている。

(この白衣……ナース服に見えないこともないなぁ)

悲鳴に怯《ひる》みつつも、武は冷静に観察する。

しかし、彼の思考と異なり、両手は冷静でいられなかった。

少女の乳房を鷲掴みにしていた指に、おもむろに力を加えたのだ。

〝ムニュッ〟という感触が指を柔らかく弾《はじ》き返すと同時に――。

「あぁン」

――再び、少女の悲鳴。しかも今度は、少し悩ましい。

「ん？　どーしてだろう……（モニュモニュ）」

「あッ……ダメ、そんなに激しくぅ……」

「そんなに激しくって……こーゆーコトか？（もみもみもみもみ）」

「ああっ！　……んはぁンッ!!」

「おほーっ、いい反応だ！　天使ってのは、感じやすいんだなぁ！」

すっかり大喜びの武。どうやら、自分の生死については、どうでもいいらしい。

「こうも感度良好となると、この可愛いビーチクをいじると、どうなちゃうんだろうなー
……例えばこう、コリッと♪」

両乳房の真ん中辺りを、親指と人差し指でつまんでやる。

次の瞬間――濃灰色のクリップボードが、うなりを上げて武の頭を強襲した！

「イッ……イヤァァァァァァッ!!（バキィッ！）」

「おぉおうっ!?」

彼は、両手を伸ばした姿勢のまま、気絶した。

「………」

「いやぁン！　つ、つい思いっきりカドで殴っちゃったぁ！」

「……い、いでででで……死ぬかと思ったぜ。てゆーか、この痛みがひょっとして、生きてる証《あかし》なのか……？」

ほどなく意識を取り戻した武に、少女は目一杯うろたえた様子で尋ねる。

「あ、あの、すごく痛みますか……？」

「そ、そりゃ痛いよ。何か、メッチャ固いモノで殴られたような……ああっ、頭がヘコんでるぅ～っ⁉」

「うぇぇん！　すみませぇ～ん！」

少女はクリップボードを振り回しながらベソをかく。クリップボードがひしゃげている理由を——武は訊《き》かないことにした。

「あの、あの、すぐに消毒しちゃうんで、少しジッとしててくださいねっ」

目の前で、少女は消毒液を用意する。アタフタしている割には、かなり手慣れた様子だ。

その姿に、武は素朴な疑問を投げかけた。

「ところで……ここって、どこ？」

「へ？　……あ、そっか！　最初に説明するの忘れてましたね」

「せつめい？」

「その顔じゃ、この《平沢《ひらさわ》総合病院》に運び込まれたことも覚えてませんよね？」

「ウ、ウン、まあ……やっぱり、ここは病院だったか……」

彼は改めて、周囲を見回してみる。

そこは、ベッドがいくつか置かれている部屋だった。

室内に充満する、消毒液の独特の匂い。

武が横たわっているパイプベッドの、〃いかにも〃なシルエット。

そして、少女のナース服。

冷静に考えれば、ここが病院であることを推測するのは、さほど難しい作業ではなかった。

「え～っと、貴方《あなた》は昨日、ここに運び込まれてきたんです」

「そうだったんだ……ってコトは、キミは看護婦さん？」

「はい、まだ新米ですけど……あ、申し遅れました。私、斑鳩《いかるが》いづみっていいます」

(新米看護婦、かぁ……いいねえ、初々しくて。本物の天使じゃないけど、白衣の天使も充分オイシソウじゃないか)

内心で舌なめずりをする武。相当よこしまなコトを考えているようだ。

そうとは知らず、新米ナースのいづみは説明を続けた。

「で、貴方はヒドイ腹痛で苦しんでて、胃液を吐きながらの危険な状態だったんです」

「すごいコトになってたんだなあ……全然覚えてないや」

「まだ、腹痛の原因はハッキリしてないんですけど……血液検査の結果だと、何かの中毒症状じゃないかってコトなんです。何か、心当たりはありませんか？」

「そんなの、あるワケないよ。ここ数日、何も食べてなかったのに……アッ！」

首を振りかけた武は、不意に大声を上げる。

「ど、ど～しました⁉」

「イ、イヤ、何でもない」

慌てて愛想笑いを浮かべつつ、彼は数日前の記憶を頭から引きずり出した。

（……そーいや、心当たりがあるぞ、ひとつだけ……イヤ、たぶんアレに違いない！）

「当直の先生の話によると、何か痙攣《けいれん》を引き起こすたぐいの毒物を摂取した可能性もあるとか……」

（借金取りの目を盗んで、こっそりアパートに戻ってきた時……部屋の隅に生えてたキノコを、その場でむしって食っちまったんだ！）

——とんでもない話である。ほとんど、自殺行為に等しい。

「珍しい症例だったそうなので、現在、先生があちこちの大学病院に、近似症状を尋ねられている最中です」

（そりゃ、珍しいよなぁ。部屋に生えてたキノコにあたったなんてヤツ、他にいないだろ……でも、そんなコト、さすがに言えねーよなー）

「ですから、心配しなくても、原因はすぐに判明しますよ」

（それにしても……やっぱ、塩を振っただけじゃマズかったかぁ。今度からは、よく火を通すことにしよう、ウン）

「それで、様子を見るためにしばらく入院していただくことになりそうなんですけど……」

「そうそう、入院してジックリ火を通せばきっと大丈夫……って、え？」

いづみの予想外の言葉に、武はいきなり我に返る。

「入院？　マ、マジで⁉」

「マジです。それとも、何かお急ぎの御用でもおありですか？」

「い、急ぎの用？　そ、そんなのは無いけど……」

そして、大慌てで否定した。いくら何でも、借金取りから逃れることを〝急ぎの用〟と言い張ることは難しい。

（それにしても……ヒトに言えないコトが多いなあ、オレ）

「じゃあ、入院の件は……」

話を続けようとするいづみの言葉を、武は先回りする形でさえぎる。

「……要するに、原因がハッキリするまで、しばらくここで寝てろってコト？」

「え？　……ハ、ハイ。簡単に言うとそーなりますね」

「ふぅ～ん……」

彼の態度を、いづみは気落ちした風に解釈し、慌ててフォローする。

「あ、あの……すぐに退院できますからっ。ほんの2、3日の我慢だけで……」

しかし。

(……ウヒャヒャヒャヒャヒャヒャヒャ！　とんだ〝たなボタ〟じゃねーか！)

――このとき武は内心で、大喜びだった。

(冷暖房完備、セキュリティー万全、三食昼寝付き……おまけに、こんな可愛いナースに看病してもらえるんだぜ!?　入院しないワケねーじゃねーか！)

もちろん、その喜びを表に出すようなことはしない。

「ウーン。ホントは忙しいんだけど……そういうワケなら仕方ないか」

「それじゃあ、承諾していただけるんですね？」

「ああ。それに、いづみちゃんみたいな可愛いコの頼みとあっちゃあ、断れないしね」

言いながら、ウインク。途端に、いづみの乳白色の頬《ほお》が、桜色に染まった。

「そ、そんなぁ～……からかわないでくださいぃ～」

(イイねぇイイねぇ、この初々しい反応！)

その仕草だけで、武は異常に興奮する。人目がなければ、ガッツポーズのひとつも決めているところだ。

(バリバリのテクニシャンも楽でいいけど、こういうスレてなさそうな娘も高ポイントだ

よな！　こりゃ、深夜にでもナースコールで呼び出して、さっそくいただいちゃわないとなぁ～♪）

「あ、あの、それじゃ、検査のために採血しますね」

いづみはまだ赤面したまま採血の準備をすませ、空の注射器を用意した。

「ちょっとの間だけ痛いですけど、ジッとしててください」

「オレ、いづみちゃんにだったら、どんなに痛くされてもイイなぁ～」

「からかわないでくださいってばぁ～……えっと、それじゃあ……」

そして、神妙な表情で、注射針を武の腕にあてがう。

（ほぉ……ちょっとドジでトロそうな感じがする女の子なのに……こーゆー時は、プロの顔になるじゃないか）

軽く感心する武。しかし――そんな余裕のある態度でいられたのも、ここまでだった。

「……あれ？　どしたの、いづみちゃん？」

「い、いいですか？　じっとしててくださいね……」

「あ、あのさ、いづみちゃん……気のせいか、針先がプルプル震えてるみたいに見え……」

怪訝そうに注射針を見つめた武は、いづみの顔に視線を移した途端、仰天する。

「んん～っ！」

「……いづみちゃん！　目っ！　目ェつぶってるぅ!!」

「だって私、他人の血見たら、貧血起こしちゃうからぁ〜」

「ま、待て！　言ってるコトが常識超えとるぞ、オイッ!!」

恐ろしい台詞に顔を青ざめさせる武。

しかし、いづみの動きは止まらなかった——不幸なことに。

「うりゃ〜っ！（プスッ）」

「ノォォォォォォォォォォッッッ！」

注射針は、顔や胴体にではなく、ちゃんと腕に刺さった。

——ただし、肌とほぼ垂直の向きにだが。

「きゃあっ!!」

「うわあっ！　手を放さんでくれえっ！　ちゅ、注射器が腕に突き刺さったまま〜っ！」

注射器を突き立てられたところから、血がゆっくりとにじみ出てくる。

それを見たいづみの口から、再び絶叫がほとばしる。

「……ひぃぃぃぃっ！　血、血ぃぃぃぃぃっ……ああっ」

「お、おいおい!?　いづみちゃん、しっかり！」

そして、床にへたり込んでしまう。慌てて武が声をかけるが、

「ハァ、ハァ、ハァ……だ、大丈夫です、大丈夫ですよ。ウン、大丈夫……」

と、全然大丈夫じゃない。

彼女の手が小刻みに震えているのを見て、武は採血してもらうのをあきらめた。

「ま、また今度にしてもらおっかな、ハハハ……」

「す、すみませぇ～ん」

半べソをかくいづみ。しかし、その口から漏れた言葉は、大胆不敵の極みであった。

「私、外科担当の看護婦のクセに、血が恐《こわ》くってマトモに見れないんですぅ～」

(……じゃあ、今までどーやって、注射を打ってきたんだ!? 勘か?)

心持ちヒイてしまった武だが、どうにかなぐさめようと試みる。

「で、でも、誰《だれ》だって最初から上手《うま》くできるワケじゃないしさぁ……」

いづみ、これに答えていわく。

「でも……葵《あおい》先生は、医師免許取って1年目から、バリバリお仕事してたんですよぉ～?」

(……誰だよ、〝葵先生〟って!?)

「ああ……私ってやっぱり、葵先生みたいにはなれないんだわぁ……美人で優しくって、皆から信頼されるなんて、到底無理ぃ～……ふぇぇ～ん」

先生と呼ぶくらいだから、〝葵先生〟が医者であることは武にも推測できたが——。

(そもそも、看護婦と医者を同じ基準で比べる方が、間違ってないか? 役割だって違うのに……)

——彼が疑問に思うのも、もっともである。

ともあれ、武は再度、いづみをなぐさめようと言葉を並べた。

「……そんなコトないよ、いづみちゃん！」

「ばび？」（↑鼻声）

「いづみちゃんだって、超カワイイじゃないか！」

「ぼんど〜でずがぁ？　……グシッ」

「本当だって！　女の子をランク付けしたら、いづみちゃんは間違いなくAクラスだよ」

（少なくとも、乳のデカさだけなら超Aクラスだな。結構デカかった〝アイツ〟ですら、遠く及ばないな、きっと……）

——ふと、武の脳裏をかすかによぎる、甘く切ない追憶。

もちろん、いづみにとって、そんな追憶は知る由もないのだが。

「そ、そんなぁ〜……私がAクラスなら、〝葵先生〟は超Aクラスですよぅ」

身をくねらせて照れ始めるいづみ。

相変わらず、〝葵先生〟なる人物の正体が武には不明だったが、それでもどうにか、彼女を立ち直らせることには成功したようである。

「それに、いづみちゃんだって、スッゴク優しいよ」

「でも〜、私、ドジってばっかりですしぃ……」

「そんなところも、可愛いいんじゃないか」

「そ、そー言ってもらえるとぉ～……えっ？」

いづみの動きが、いきなりぎこちなくなる。

「あ、あの……中谷さん、何を？」

戸惑いの言葉を、武はあえて無視した。

「大丈夫、だいじょぶ。何も恐くないから」

言いながら、彼の両手はいづみの身体《からだ》をまさぐり始めていたのだ。

いきなりのことに、いづみは目を白黒させる。

「い、今の話と、どーいう関係があるんですかぁ……？」

「ん？　ここ、気持ちイクない？　じゃあ……ここは？」

その間にも、武の手はいづみのスカートの中に潜り込み、股間《こかん》の薄布の位置を探り当てる。

「キャアアアッ！　ど、どこ触ってるんですかぁ!?」

「まあまあ。ここで、こうして出会ったのも何かの縁だし。心配しなくても、オレに任せてくれれば、ちゃあんと気持ちよくさせてあげ……」

しかし――そのデタラメな台詞を、彼は最後まで言うことができなかった。

「イッ……イヤァァァァァァァッ!!（バシィッ！）」

いづみの平手打ちが、左頬を的確に捉《とら》えたのだ。

「おおうっ⁉」

いづみはそのまま、悲鳴を上げて病室を飛び出していく。

「ヒィィ～ン！」

「アダダダ、首が取れるかと思った……ちょ、ちょっと待ってよ、いづみちゃん！」

武も彼女を追って、頬を押さえながら病室の外に出る。

そこに——人影があった。

「わっ、ぶつかるっ！」

「キャッ⁉」

彼は止まりきれずに人影と衝突し、派手にひっくり返った。

「きょっ……今日はぶたれたり衝突したり、慌ただしい日だなぁ……」

ブツブツ呟《つぶや》きながら、起き上がろうとする武。

しかし、床に着いた手が、妙にヌルヌルする。

「な、何だコレ……あ、白い。バリウムか？」

白く、粘度の高い液体が、いつの間にか武の手や肩口を濡らしていたのだ。

「どーして、こんなモノが……」

首をかしげた、その時。

「……この下着、高かったのに」

「ほへ？」

「まさか、バリウムで台無しになるとは思わなかったわね……」

不機嫌そうな声を、武はすぐそばで聞いた。

いづみとは全く異なる、鋭く凛《りん》とした響き。

武は声の方角に視線を走らせ——危うく、歓喜の雄叫《おたけ》びを上げそうになってしまった。

（う、うひょおっ……乳の次は、目にもまぶしいパンチーちゃんじゃないですかぁっ!!）

彼の視界に飛び込んできたのは、いかにも高級そうなシルク地のショーツが、バリウムまみれになっている様子だった。

すかさず視線を上に移すと、声色にピッタリの、いかにも理知的な容貌《ようぼう》の看護婦が、冷ややかな怒りの表情を浮かべている。小振りだが形のいい胸も、武の目を引いた。

しかし、それも一瞬のこと。看護婦の顔にもナース服にも、バリウムがベットリと付着している様を見ると、武のボルテージは一気にヒートアップする。

（……絶景！　まるで、ザーメン引っかけられたみたいじゃないかっっっ!!）

看護婦の脇《わき》には、円筒状の容器が転がっている。中からバリウムがこぼれ出しているところから察すると——二人が衝突した拍子に、容器の中身がぶちまけられ、そこら中に飛び散ったらしい。

そう推測した後の、武の行動が素早かった。

「ゴメンね、いきなり飛び出したりなんかして！　あーあーあー、びしょ濡れになっちゃったね。早く拭いてあげなきゃ……あ、でも、タオルもハンカチもないや。仕方ないから、手で直接払ってあげるよ（ムニュッ）」

彼は勝手な理屈をつけて看護婦ににじり寄ると、そのスレンダーな身体を無造作にまさぐりだしたのだ。

「えっ？　ちょ、ちょっと……」

「ネバネバしてるから、指ですくい取れるだろ？　……おや、乳首の辺りにもついてる。これは、指でつまみ取れるかな……（コリコリコリ）」

「あっ……やンッ！」

「おー、何だか固くなってるなぁ……ん？　太股《ふともも》もベタベタになってる。これは、手だと時間かかりそうだから、舌で舐《な》め取っちゃおっか（れろれろれろれろ）」

「アァン！　くっ……はぁっ！　んん……」

「くぅ～っ！　この、かすかに漂ってくる、甘い香りがなんとも……！」

刺激に身をよじる看護婦の姿に、武はさらに興奮して調子に乗る。

「いやぁ、ここ最近は、とんとご無沙汰《ぶさた》だったからなぁ……どーにも、むしゃぶりつきたくなる（チュパッ！）」

「はぁっ……！　ダ、ダメ、そんなトコ吸いついたら……」

「こーなってくると、お次は当然、パンチーに隠れてる部分をば……」

そう言いながら、彼は看護婦の太股の間に顔をうずめながら、指で彼女のショーツをずらそうとする。


――ドスゥッ！


「ハグゥッ!?」

不意の衝撃に、武の息が詰まる。

「せ、背骨が……ごほっ、ごほっ」

激痛と息苦しさに咳《せ》き込む彼から離れ、看護婦はユラリと立ち上がった。

「……アラ、力一杯エルボーを叩《たた》き込んだつもりなのに、まだしゃべれますの？　やはり、女は非力ですね」

彼女はその顔にサディスティックな笑みが浮かべ、うつ伏せになっていた武の身体を、足先で転がして仰向けにする。

「じゃあ、こうしましょう」

そして、無抵抗の武の股間に、自らの足の裏をあてがうと――。

「いっ？　ま、まさか股間を……やめてぇ～」

「大丈夫。予備の棺桶《かんおけ》なら霊安室に用意してありますので、ご心配なさらずに死んでください」

——まるでためらうことなく、全体重を乗せて踏みつけた！

「つぎゃあああああああ!!」

「……クスッ♪」

紅潮した看護婦の顔に、満足げな微笑《ほほえ》がひらめく。

そこへ——武から逃げ出したいづみが戻ってきた。

「か、楓《かえで》ちゃん！　ダメだよぉ！」

「あら、いづみ。どうしたの？」

「今、楓ちゃんが踏んだソレ、患者さんだよォ！」

「……コレが？　新手の痴漢じゃないの？」

〝楓〟と呼ばれた看護婦は、うさんくさそうに足元の〝ソレ〟を見つめる。

哀れな〝ソレ〟は、口の端から泡を吹いて失神していた。

「ひ……ひへへへ……」

「ひぃいいいいいん！　中谷さん、白目むいちゃってるぅ！」

いづみがアタフタと武を介抱しようとする一方で、楓は感心した風に呟く。

「……人間って、なかなか死なないものね」

「……イ、イテテ……つぶされてないよな……？」

——しばらく後、武は股間の痛みで意識を取り戻した。

「あ、よかった……形が残ってる……腫《は》れてるけど……」

股間の無事を確認して一安心した後、彼は自分が再びベッドに寝かされていることに気付く。

「いづみちゃんあたりが、運んできてくれたのかなぁ……どーせなら、ついでに添い寝くらいしてくれてもいいのに……」

勝手なことを言いながら、寝返りを打つ武。

「ふぅ……（ムニュ）んっ？」

ふと、柔らかな感触にぶつかる。

その方向を見て、武は思わず声を上げてしまった。

「むぅ～……」

「……え～っ⁉」

彼の隣で——見知らぬ女性が、健やかな寝息を立てていたのだ。

「どっ、どどど、ど～なってんだ、コレ⁉」

驚きのあまり騒ぎ立てる武を、女性は寝言で一喝。

「……ンもぉ、うるさいなぁ〜……」

「あ、スイマセン」

「んん〜っ、干したばっかのシーツの匂い、好きぃ〜……」

「…………」

彼女は、武が唖然《あぜん》と見つめる中、シーツに頬を擦りつけるような仕草をし、また寝入ってしまった。

「Ｚｚｚｚｚｚ……」

「な……なんなんだ、このヒト……」

自身に負けず劣らず非常識な人間を見て、武はあきれたように呟いた。

しかし——そのまま気圧《けお》されるばかりの彼ではない。

「でも、これって……若い男女が、ひとつの布団に同衾《どうきん》してるってコトに、なるよな？

それにしても、なんちゅーあられもないカッコで……」

改めて、女性の姿を凝視する。

彼女は、医師や研究者が着るような白衣以外は、ショーツしか着けていなかった。

しかも、白衣は前を全開にしていたので、豊かな乳房が丸出しである。

「ムニャムニャ……もう食べられないよォ……」

どんな夢を見ているのかは不明だが、その凶悪なまでに無防備な寝顔は、武の欲情を否応なしに挑発する。

「……もしも～し、起きてくださーい。朝ですよー」

武は試しに、声をかけてみる。

「Ｚｚｚｚｚｚ……」

――反応なし。

「つまり、アレだな……医学用語で、〝据え膳食わぬは男の恥〟ってヤツ」

武の顔が、品のない笑みにゆがむ。

彼を止めるものは、もう何もない。

少なくとも、武自身はそう判断した。

「……んじゃ、お言葉に甘えて、いっただっきま～すっ♪」

彼は喜色満面で、女性の乳房にむしゃぶりつこうとした。


ポキ。


「……ん？」

不意に、背後から音が聞こえる。

ポキポキッ——指の関節を鳴らしているような、固く乾いた音。

武は何となく、その音に聞き覚えがあった。

「何だ、この音……げぇっ⁉」

後ろを振り向いた瞬間、彼は我が目を疑った。

そこに立っていたのは、いづみや楓と同世代の、若い看護婦だった。

いづみほどではないが、充分ボリュームがある胸。

ナース服の上からでもハッキリと分かる、はち切れんばかりに張りのある腰つき。

そして、いかにも気の強そうな目鼻立ちに浮かんだ、世にも物騒な表情。

それら全《すべ》てが、武のよく知っている——正確には、かつて武がよく知っていたものであった。

「ひとつ訊きたいんだけど……アンタ、今から鈴奈《れいな》先生に、なぁ～にしようとしてたのかしらぁ～？」

「鈴奈先生って……先生⁉　この、乳ほりだして寝てるヒトが、お医者さん⁉」

思わず、鈴奈と呼ばれた女性の痴態に視線を走らせる武。

だが、一瞬のことでしかない。そんなことよりもさらに驚くべき存在が、すぐ目の前にいたのだ。

「……今は、それどころじゃない！　お、お前……桜子《さくらこ》か？　あの、桜なのか⁉」

ない。

「アーラ。こんなカワイコちゃんが、桜子ちゃん以外の誰かに見えるのかしらぁ？」

看護婦――桜子は、わざとらしくポーズなどをつけながら応《こた》えた。目が、まるで笑ってない。

そんな彼女を指差しながら、武は信じられないといった表情で叫ぶ。

「な、な、なんでお前が、こんな所にいるんだよ⁉」

「決まってんじゃない」と、桜子。

「ここが病院で、アタシが看護婦だからよ」

「……マジで⁉　お前、ちゃんとガッコ卒業して、就職もしてたんだ⁉」

思わぬ事実を聞かされ、驚愕を隠しきれない武に、彼女は静かに宣告した。

「で、アンタにはこれから、集中治療室に行ってもらうわ」

「えっ……オレ、そんなにヤバイの？」

「そ」

「ウソだ……食中毒じゃなかったのかよ⁉　どうしてだよ？　ガンでも見つかったのか？

それとも結核⁉」

不安になる武に、薄笑いを浮かべてかぶりを振る桜子。

「ウウン、まだどこも悪くないわよ」

「じゃあ、なんで……」

言いかけて、武は不意に、強烈な違和感を感じ取る。

（……〝まだ〟？）

——気付くのが遅すぎた。

「それはね……これからアタシが、アンタをぶっ殺すからよっっっっ!!（ゴキャッ！）」

「はぶぅっ!?」

その時にはもう、桜子渾身《こんしん》の右フックが、武の左頬に叩き込まれていたのだ。

「このっ！　このっ！　女の敵がぁ！　女医を病院のベッドに連れ込むたぁ、いい度胸じゃないのよぉっ!!」

「ちょっ（ドガッ）ちょっと（バキッ）待ちたまえ（ドスゥッ）お前は誤解を（メキメキメキ）している……ぐえぇ、チョークチョークチョーク」

「問答無用！　くぉのドスケベがぁーっ！」

「だ、だって、目が覚めたら、イキナリこの女の人が寝ててさ……（ガスッ）ぐわっ！」

「もーちょっとマシなウソついたらどーなのっっ!!」

「ウソじゃないって！　ほら、昔もあったじゃんか、こーゆー間違いが……」

「……ウッサイわねぇ!!（バゴォオン！）」

「ぐはぁっ」

体重の乗った桜子の鉄拳《てっけん》が、武の頭を上半身ごと叩きつける。

「イヤなこと思い出させるんじゃないわよ！」

すかさず桜子はベッドに飛び乗り、武に対して馬乗り——いわゆる〝マウントポジション〟の体勢をとった。

絶対的に不利な状況に、武はつい裏声で悲鳴を上げる。

「ひ、ひえっ……やめてぇぇぇっ」

もちろん、桜子はやめなかった。

「アンタみたいな（ボクッ）煩悩野郎と（ゴスッ）昔（パカッ）付き合ってたかと（バリッ）思うと（ドムッ）我慢ならないのよぉッ!!（グシャァッ）」

「……ん、何だかにぎやかねぇ……ふぁ〜あ」

ふと、半裸の女性——鈴奈が、アクビをしながら上体を起こした。

「アラ、桜さん。こんな所でどうしたのぉ〜？」

「あっ、鈴奈先生！」

桜子は血相を変えて、鈴奈に尋ねる。

「大丈夫ですか⁉　このバカに、何か変なコトされませんでしたかっ⁉」

「このバカって、誰のことぉ……？」

まるで事情の飲み込めていない鈴奈は、しばらく視線をさまよわせ、やがて桜子が腰を下ろしているすぐ下の辺りに固定した。

「……それより、貴方のお尻の下の患者さんこそ、大丈夫なの～？」

「へっ、お尻の下？　……あっ」

言われて桜子はようやく気付く。

「ぐえええええ……」

左右の頬に数十発のパンチをもらい、武はあえなく失神していた。

しかも、本日2度目——合掌。

# 入院2日目

「……ホラ、武！　もう朝よ！」

「う～ん……ギブアップするから、チョークスリーパーをはずしてくれ、桜ぁ……」

「寝ぼけてないで、さっさと起きなさい！」

「うわっ！　……ん？」

耳元で叫ばれて、武はようやく意識を取り戻す。

見ると、桜子が病室のベッドに小さなテーブルをセットして、テキパキと食事の準備を進めていた。

「……夕飯の支度か？」

「何言ってんの。朝食の準備よ」

「へっ？　だってまだ、日が暮れてなかったはず……」

「アンタが一晩中、ここでだらしなく気絶してたからよ」

言われてみれば、日差しは東の方から入ってきているようだ。テーブルに並べられる料理も、鮭《さけ》の切り身や海苔のつくだ煮など、夕食のメニューに入っているとは考えにくいものばかりである。

「……顔の形が変わるほどタコ殴りにされりゃあ、誰《だれ》だって気絶するっちゅーねん」

「ウダウダ言ってないで、早く食べちゃって。食器も片付けなくちゃいけないんだから」

ぶっきらぼうに言いながら、桜子はゴハンをよそった食器をテーブルに置く。

途端に——武の目の色が変わった。

「……ご飯だ！」

「えっ？」

「米だ！　銀シャリだ!!　こんなの食えるなんて、何週間ぶりだろう……！」

唖然《あぜん》とする桜子の前で、しばし感涙。

そして箸《はし》をつかむと、猛然とゴハンをかき込み始めた。

「うおーっ！　食うぞぉーっ!!」

「あ、ちょっと！　そんなにがっつかなくても、どこへもやりゃしないわよ……って、うわっ」

桜子があっけに取られていることにもお構いなしで、まるで吸い込むがごとく、朝食を口の中に放り込む武。時折、

「……んめぇー！　んめーよぉーっ!!」

などと、吠《ほ》えてみたりもする。

何しろ、この病院にかつぎ込まれる原因となったキノコを除くと、最後にまともな食事をとったのは、一週間以上も前のことである。彼が必死になって食べ続けるのも、当然と言えた。

「はぁ……病院のゴハンをそんなに美味《おい》しそうに食べるの、アンタくらいのモンね」

「何とでも言え！」

「それだけ美味しそうに食べれば、作った方も嬉《うれ》しいでしょうよっ」

「ガツガツガツ、モグモグモグ……」

武は桜子の軽い皮肉にも動じず、着々と朝食を胃袋に収めていく。

「………」

「んぐっ？」

——ふと、箸を休める。

桜子が、彼の横顔をジッと見つめていることに気付いたのだ。

「何だよぉ？　オレの顔に、米粒でもついてんのか？」

「えっ？　……別に」

「アッ、さては桜もメシ食いたいんだろ⁉　美味《うま》いぜ、この減塩味噌汁《みそしる》！」

「バッ、バカね！　アタシたちはもう、済ませちゃってるわよ」

軽く赤面する桜子を、武はからかってみせる。

「見栄を張らなくてもいいって！　桜が人並みの量の食事で足りるワケねーモンな！

久々にフェラしてお願いすりゃあ、分けてやらねーコトも……イデデデデッ⁉」

武が悲鳴を上げたのは——彼の持っていた箸を、桜子がいきなり握りしめたからであった。

「なか、なか、中指が挟まってる！　ちぎれるちぎれるッ……！」

「そーゆー下品なトコ、ちっっっっとも変わってないわね、アンタ！」

目を吊《つ》り上げて怒鳴る桜子。

そこへ。

「さっちぃ～ん。何、病室で騒いでるのぉ？」

「ちょっとは静かにしなさい。周りの患者さんの迷惑よ」

「あれぇ？　いづみに楓……どーしたの、お揃《そろ》いで？」

キョトンとする桜子の前に、同僚の看護婦二人がやってきた。

その姿を見て、武はお気楽に喜ぶ。

「うひょ～っ、美人が勢揃いじゃん！　部屋が華やかになったなぁ♪」

「アンタは黙ってなさい！（ギュウウウウウッ）」

桜子はすかさず、握ったままの箸をねじり上げた。

挟まれた武の人差し指が、紫色に変色していく。

「いだい、いだい、いだい……は、箸をはなじてぐでぇ！」

悲鳴を上げる彼を救ったのは——意外な人物だった。

「あらあらあら。桜さん、患者さんに手荒なコトしちゃダメよぉ～」

「あ、鈴奈先生」

名を呼ばれた女性を見て、武はあっけに取られる。

（……このヒト、ホントに女医だったのか！）

眠そうな顔で入室してきた〝鈴奈先生〟はどう見ても、昨日武の隣で半裸で寝ていた美女だったのだ——今日はちゃんと、服を着ているようだが。

「どしたんですか、こんな所にみんなで集まっちゃって？」

怪訝《けげん》そうに桜子が尋ねると、楓も同調した。

「そうですね。打ち合わせでしたら、ナースステーションででもできますのに……」

「アレ？　楓も事情を知らないで、ここに呼ばれたの？」

「ええ。新人の看護婦は3人とも、中谷さんの病室に集まるようにって」

「ってコトは、今から5Pプレイでも始めるのかなぁ？」

そこへ口を挟んだ武は、瞬殺された。

「黙ってろって言ってんでしょ!?（バキィッ）」

「ぐはぁ！」

「さっちん、ダメだよぉ！　たった今、先生に乱暴しちゃいけないって言われたばっかりなのにぃ」

慌ててなだめるいづみの横で、鈴奈は、

「あはははははぁ〜。このコ、おっかしな顔ぉ〜」

——殴られたばかりの武の顔を指差して、大笑いしていた。

「……コホン。ところで先生」

「ん？　なにかしら、楓ちゃん？」

「私たちがここに呼ばれた理由を、そろそろ聞かせていただきたいのですが……」

「……あらあらあら、そんなコトもあったわねぇ。コロ～ッと忘れてたわぁ～」

そして、我に返る。しかし、相変わらず寝ぼけ顔のまま。

(結構、すっとぼけたヒトだなぁ……)

武がシミジミと観察する中、鈴奈は本題に入った。

「ど～してここに呼んだかっていうと……貴方《あなた》たち３人の誰かに、このコの担当ナースになってほしいのよぉ」

「……アタシたちが⁉」

「で、でも、私たちまだ、患者さんの担当についたコトありませんよぉ⁉」

「本当に、大丈夫なんですか？」

３人の看護婦は、一様に戸惑いの表情を見せる。

「う～ん……そうは言っても、今、手が空いてそうな看護婦って、貴方たちくらいしかいないのよねぇ～」

彼女たちの様子に、鈴奈は軽く苦笑した。

「それにまあ、誰にでも〝初めて〟はあるワケだしぃ～……新人の貴方たちの研修代わりにはなるかなぁと思ってぇ～」

その言葉を聞いて納得したのか、おもむろに楓が名乗り出る。

「……分かりました。でしたら、私が担当しましょうか？」

「あら、そう？　それじゃ、頼めるかしらぁ？」

「うぉーう♪」

すかさず歓声を上げる武。

(こんなカワイコちゃんが俺の担当になってくれんのかよ！　いやー、いいお店……じゃなかった、いい病院に来たなー♪)

その時。

「……ちょっと待ってください！」

突然、桜子が慌てて口を開いた。

「んー？　なになに、どうかしたのぉ？」

「そ、その……コイツ、じゃなくて、この患者さんはちょっと……その、特殊なので、楓には……」

「……私には？」

いきなりの言葉に、楓はいぶかしげに桜子を見つめる。当の桜子はというと、

「ん、だから、楓には……その……」

と、一向に要領を得ない。

「だから、楓ちゃんにはどしたのぉ？　いつもの貴方らしくないわねぇ〜」

鈴奈も不思議そうに首をかしげる。

その時、桜子の態度の煮え切らない理由に、大胆な仮説を主張したのは——武だった。

「……なんでぇ！　桜、お前、楓ちゃんにヤキモチやいてんのかよ？」

「ヤ、ヤキモチ⁉」

「心配すんなって。オレは今でも、桜のコト忘れてないぞ。スンゲェ悪かった寝相とか、太股《ふともも》の付け根のホクロのコトとか……（ゲシッ）はぶぅっ！」

「うっさいわね！　ぶつわよ！」

怒鳴る桜子に、いづみは控え目に一言。

「さっちん……ぶってから言っても遅いよぉ」

一方、鈴奈はこの展開に、目を丸くした。

「あらあらあらあら。そーいうコトかぁ……」

「そ、そーいうコト⁉　あ、あの、違うんです先生！　コイツとは何でも……」

「……そんなに二人って仲が悪かったのぉ。困ったわねぇ〜」

（ガクッ！）

微妙にピントのずれた彼女の反応に、一瞬ずっこける一同。

「あ、あのぉ……それはちょっと違うと思うんですけどぉ……」

「あら、そうなの、いづみちゃん？　どのへんが？」

なおも鈴奈が不思議がると、いづみは思わず楓を見つめた。

「どの辺がって言われたら……ねぇ、楓ちゃん？」

「ま、普通に考えれば、ね……」

そして、楓は桜子を見つめる。一瞬遅れて、いづみもそれに倣《なら》った。

二人の同僚の視線が痛かったのか、桜子は気圧《けお》された感じで声を上げる。

「な、何よ、二人してその目はぁ……？」

「……普通に考えれば、二人の関係には、感情的な要因が多々含まれているんでしょうね」

「おっ！　やっぱ分かる、楓ちゃん!?　いやー、そーなんだよ。桜のコトは……」

「うっさいって言ってんでしょ!!（ドギャッ）」

「ギエエッ！」

「あらあらあら、乱暴はいけないわぁ～」

「先生！　これは乱暴じゃなくて、〝お仕置き〟です！」

彼女は武を軽くぶっ飛ばしておいて、必死になって鈴奈に訴えかけた。

「いいですか!?　コイツ……いや、この患者さんが看護婦にセクハラをやからすのは、火を見るより明らかなんです！　そんなヤツの担当に、まだ経験の浅いアタシたちをつけるのは、オオカミの群れに羊を放すようなモンですよ⁉」

「だけどさっちん、中谷さんは優しいよぉ？」

「いづみ、甘い！　アンタ、あんドーナツ食べながら砂糖入りミルク飲むよりも甘いわ！」

返す刀で、いづみにも忠告する。

「いい？　コイツにとって、困ったり落ち込んだりしてる女の子に優しい言葉をかけるのは、挨拶《あいさつ》みたいなモンなのよ！」

「えぇー、そうなのぉ？」

「そうなの！　昔っから、そーいう手口なの！　大体コイツ、女の子だったら誰だってぃーんだからっ‼」

「……クスッ」

不意に、楓が笑い声を立てた。

「ナ、ナニ笑ってんのよぉ？」

「そう……つまりサクラは、その手口に引っかかったんだ」

「……っ⁉」

彼女の鋭い一言に、桜子は思わず言葉を失ってしまった。

「え～っ！　さっちん、そうなのぉ～っ⁉　さっちんだけは、そーゆーのには引っかからないと思ってたのにぃ～」

「う、うるさいわね！　昔の話よ、昔の！」

「昔の、ねえ……クス」

「ななな、何が言いたいのよ、楓ぇ!?」

そして、後ろめたさのあまりか、声を張り上げる。

「ア、アタシはこれ以上、何も知らないコがコイツの毒牙にかからないようにって……」

彼女の主張を、鈴奈はノンビリした口調ながら、容赦なくさえぎった。

「じゃあ、決まりねぇ～。この患者さんの担当は、桜さんってコトでいいですかぁ？」

「……えっ!?」

「にゃにッ!?」

瞬間、桜子と武が同時に血相を変える。

「異存ありません」

「あ、はい。先生がそうおっしゃるなら、それでいいと思います」

楓といづみがアッサリ承諾するのと違い、大いに異論のある桜子は鈴奈に食ってかかった。

「ちょーっと、待ってください！　どーして、今の会話の流れで、アタシになっちゃうんですかぁ!?」

鈴奈の返答は、簡潔明瞭《めいりょう》。

「だって、１回毒牙にかかったなら、２回も３回も同じでしょぉ？」

「どーゆー理屈ですかっ⁉」

「クスッ……それじゃサクラ、中谷さんのコトは任せたからね」

「カルテは後でまわしとくね、さっちん♪」

「ちょ、ちょっと、楓もいづみも……薄情者ぉ！　アタシの主張を聞いてくれたって、いいじゃないよぉ！」

桜子が情けない悲鳴を上げる。その時。

「……そーいえば、桜さんの主張はともかく、患者さんの主張は聞いてなかったわねぇ～」

鈴奈の視線が不意に、武に注がれる。

「ええっと……貴方、大川さんだったかしらぁ？」

「中谷です」

「じゃあ大島さんは、何か言いたいコトある？」

――無論、武にも主張はあった（名前を間違えないでほしいというコト以外にも）。

そこのところを、率直に吐露してみる。

「……桜にぴったりマークされてたら、他の看護婦に声をかけるのもままならないんですけど……」

「ええい、このエロ魔人がぁっ！（ゴリゴリゴリ）」

「ひでででで、フェイスロックはやめでぇえっ！」

——いがみ合う武と桜子を放置して、残り3人は病室を出ていった。

「……じゃあ、いづみさんも楓さんも、そ～ゆ～コトで」

その場を去る鈴奈を見送りながら、いづみは心配そうに呟《つぶや》く。

「中谷さん、ホントにだいじょぶかなぁ。さっちんに、どんどんボコボコにされてたみたいだけど……」

それに、楓が答えていわく、

「痴話ゲンカは、犬も食わないって言うわよ」

——けだし、名言。


『はぁン……あ、あっ……いやぁ……もっと……もっと、触ってぇ……』

『何言ってんだ。今だって、触ってんじゃないか』

『そ、そういう……はうっ……そういうコトじゃなくて……！』

『そーゆーコトじゃなかったら、どーゆーコトなんだ？　……それとも、特に触って欲しい場所でもあるのか？　言ってみろよ』

『ハァ、ハァ……そんな、意地悪なコト言わないでぇ……』

『意地悪なコトなんか、言ってないだろ。ただ、どこをどう触って欲しいのか、言わなきゃ分かんないだろ』

『でもぉ……あ、ンンッ……お、お願いぃ……すごく、切ないのぉ……』

『……ひょっとして、ここのコトか？　もうヌルヌルじゃん。どうして、こんなになってるんだい？』

『し、知らないっ！　そんなの……あっ！　っくあぁ……はうンッ！』

武は、吐息混じりの桜子の声にかまわず、自身の意思とはまるで無関係に、股間《こかん》の肉ヒダを指でこすり上げた。

チュクッ、ヌプッ——卑猥《ひわい》な音が、武の聴覚を刺激する。

続いて、桜子のしぼり出すようなよがり声も。

『あっ……あぅあッ！　ダ、ダメ、武ぃ……やぁん！　そこ、スゴイのぉ！』

身をよじらせて、あえぐ桜子。

武が柔肉を撫《な》でたりつまんだりするたびに、彼女は悩ましい叫び声を何度も何度も響かせた。

——ふと、彼女が身悶《みもだ》えを止める。

完全な静止ではない。何かをこらえるように、小刻みに身体《からだ》を震わせている。

『ん？　どーした桜、急に黙り込んじまって？』

わざとらしく武が尋ねると、桜子は今までと一転、消え入りそうな声で訴えた。

『ハァ、ハァ……動けないよぉ……息するだけで、イッちゃいそぉ……』

『呼吸だけでイッちゃうのか。スケベな女だなぁ、桜は……ん〜？　なんだ、ココは？　皮から顔出して、ピコッと勃《た》ってるじゃないか』

武が、すっかり充血している股間の肉芽を、指先で軽く弾《はじ》く。

瞬時に、桜子は上体を大きく仰《の》け反《ぞ》らした。

『ふぐぅっ……！　やっ……そ、そんな、指なんかじゃなくてっ……』

『指なんかってゆーけど、指でも充分気持ちいいんだろ？　ホラホラホラ』

『あっ……ダメェ！　そ、それ以上したら……ヒィン！　へ、変になっちゃうよぉ……！』

『だったらいーじゃないか、指だけでも』

『意地悪ぅ！　お願いだから……お願いだから、もう入れてぇー！』

『人聞きが悪いなぁ。意地悪じゃないって言ってるだろ……ホラ！』

武は満を持して、膨張しきった自分自身で、すっかり濡れそぼった桜子の秘所を刺し貫く。

同時に、桜子はさらに甲高いよがり声を上げるのだった。

『……んあッ、アアァァァァァァァァァッ!!』

――それが夢であることを、武は頭の片隅で感付いていた。だから、目が覚めるなり、

「なんだ……やっぱり夢か……」

と呟いた彼の声に、失望の成分は含まれていなかった。

消灯後だからか、天井を見上げてもほとんど何も見えない。

しかし、再び目を閉じると、まぶたの裏にクッキリと映像が浮かぶ――別れを告げた時の、桜子の哀《かな》しそうな顔が。


『さよなら……そのコと幸せにね……』


それは、もう戻らない蜜月《みつづき》の日々の、終焉《しゅうえん》の瞬間――。

「……イヤなこと、思い出しちまったな。ハハ……」

脳天気な武には珍しく、乾いた笑い声を病室に響かせる。

久々に甦《よみがえ》った苦い記憶に、股間が熱くなる思いがする。

「……股間が熱くなる？　そーいや、ホントに熱いぞ？」

――ようやく武は、異変に気付いた。

〝エッチな夢を見て勃起《ぼっき》した〟というレベルを超えて、股間に妙な灼熱感《しゃくねつかん》を覚えたのである。

目が暗闇《くらやみ》に慣れてくると、股間の辺りの布団がモゾモゾ動いている様が確認できた。

「ななな、何だコレは⁉　一体、どーなってるん……はわわわわっ」

叫びかけた武だったが、言葉の後半が腰砕けになる。

不意に、弱電流のような刺激が、股間から背筋をゾクゾクと這《は》い上がってきたからだ。

温かく、柔らかくて——決して不快ではない刺激。

「こ、このなめらかな感触は……間違いない。昼だ、それも極上の……！」

ここまでは瞬時に確信できたものの、そこから先の推測は自信がない。

それでも、武は怒鳴りながら布団を剥《は》いだ。

「桜か⁉　……って、アレッ？」

推測は、大いにはずれた。

そこにいたのは、桜子とは似ても似つかない、妖艶《ようえん》な——そして、まるで見覚えのない美女であった。

彼女はしかも、武のトランクスを勝手に剥ぎ取り、股間のイチモツを美味しそうにほおばっているではないか！

「んっ、ぷあ……ハァ〜イ♪」

女性は、いったんイチモツから口を放すと、悪びれることもなく笑った。

歳は鈴奈と同じくらいだろうか。少しツリ目気味の瞳《ひとみ》で上目遣いに見つめる表情は、ネコ科の動物を思わせる、イタズラっぽく、それでいて扇情的なものだった。

「な、なんで⁉　桜じゃないのか？　……てゆーか、お姉さん、誰⁉」

いつになく慌てる武に、女性は吐息混じりに言った。

「ねぇ、ボウヤ」

「……はっ？」

「女が誘ってる時は、別の女のことは忘れるのがルールよ？」

「さそっ、誘われてるの、オレ……って、ちょ、ちょっと！」

そして、武の肉棒に舌を絡みつける。

途端に、下半身を駆け巡る、得も言われぬ快感。

「んおおぅッ⁉」

「ンフッ♪　ねえ……こうやって、舌のザラザラでカリ首のところを舐《な》められると、気持ちイイでしょ？」

言いながら、女性はネットリと色香を帯びた視線を、武に送る。

「……ホラ、もうカッチンコッチンになってる。タマタマも、パンパンになってるんじゃなぁい？」

(こ、こりゃタマラン！　雰囲気といい舌遣いといい、並のオンナじゃねえ！　童貞なら3秒でKOされちまうぞ！)

女性のいやらしさに、武はただただ驚嘆するばかりだった。

――ふと、彼女の指に、何やら光る物を認める。

それは、左手の薬指にある。普通に考えれば、結婚指輪と考えて、まず間違いないだろう。

(てコトは……このヒト、人妻かぁ⁉)

武の顔に、驚愕《きょうがく》と理解の色が広がった。

(だとしたら、このエロエロっぷりも、分からんではないなぁ……ダンナだけじゃ、火照った身体を鎮められないってか！)

「さあ、イイ子にしてらっしゃい。今からお姉さんが、とぉってても素敵なコトを……教えてア・ゲ・ル♪」

女性は低く笑った。股間を直接刺激する、ゾクゾクくるような悩ましい声で。

――これを拒むことなど、武の本能と信念が許さなかった。

(この展開で腹一杯楽しもうと思ったら……ナニも知らないチェリーボーイくんを演じるしかないでしょうっ！)

武は方針を決めると、生まれてこのかた出したこともないような、うわずった声を出してみせた。

「……こ、こんなのダメですよ！　お姉さん、や、やめてください！」

「んふふふ……♪　そんな声聞かされたら、やめられるワケないじゃなぁ〜い」

女性は武の演技に、ヤル気をさらに奮い立たせたようだ。まさに、武が望んだ通りの展開である。

（ひぇ〜っ……どこから来たのかは知らないけど、とんでもない淫乱《いんらん》人妻だな、オイ！

……っと、ここは地を出さずに、純情に抵抗してみるか）

「で、でも……ボクたち、見ず知らずの仲なのに……」

「やぁねぇ〜、それがいいんじゃないの。見ず知らずの男女がイケナイことをするって、ゾクゾクしちゃうシチュエーションだと思わなぁい？」

「そ、そんな……ハウッ！」

言いかけて、武は思わず身体を震わせた。

女性が会話を中断して、彼の肉棒の裏筋に舌を這わせたのである。

まるで、アイスキャンディーを舐めるような動作で、肉棒を唾液《だえき》まみれにしていく。

かと思うと、再び肉棒の尖端《せんたん》を咥《くわ》え、そのままノドの奥まで収める。

「ん、んんっ……んふっ……」

チュパッ——ヌチュッ——ジュブル——武をしゃぶる音が、女性自身の低いうめき声に重なって、淫《みだ》らなハーモニーを奏でる。

　武の肉棒は、プックリとした女性の唇が滑っていくごとに、剥げ落ちたワインレッドの口紅が混ざった唾液にまみれ、妖《あや》しい光沢を放った。

「う……ぐおおっ……」

　武は、射精衝動をこらえるのに精一杯だった。

（ヤッベエ！　気ぃ抜くと、アッという間に出ちまうぞ！）

　とはいえ、腰が溶けそうなほどの快感自体は、存分に満喫する。

「……ねえ。キミ、こういうコトされるの、初めてかしらァ？」

「アァッ！　実はそうなんです、お姉さぁ～ん！」

　そして、純情少年の演技も、素知らぬ顔で続ける。

「こ、こんな気持ちイイことされたら、ボク、ボクもう……！」

「んふふふ。もう、ピクピクしっぱなしだものね、キミ

のオチンチン。もう、射精しちゃいそうなんじゃなぁい？」

「そ、そんな……射精だなんて……！」

「あ～ら、真っ赤になっちゃってぇ。可愛《かわい》いわぁ～♪」

女性は、自らも顔を上気させながら、ささやくように言った。

「だったら、いいのよ。我慢しないで、思い切り吐き出しちゃいなさい」

同時に、肉棒をしごきながら、フクロの部分を優しく揉《も》みしだく。この責めには、さしもの武も我慢の限界を超えてしまう。

「ウウッ……ホントに、もうダメだぁ……！」

彼は全身を硬直させ、熱い塊を一気に吐き出そうとした。

が――。

「……んふ♪」

「えっ……アレッ!?」

その瞬間、女性は再び肉棒をほおばり、唇で根元を強烈に締め上げたのだ。

〝蛇口の元栓〟を締められてしまい、爆発寸前だった亀頭は大きく身震いするばかり。一滴も射精できずに痙攣《けいれん》を繰り返す様は、いかにも苦しげであった。

（な、なんだぁ～っ!?　イケないぞ、オイ！）

「どうかしら？　こうすると、気持ちイイのにイケないから、何時間でも楽しめるのよ」

「でぇぇぇぇぇっ！　マ、マジでぇ⁉」

思わず、武の口から本音の叫びが漏れる。

その情けない表情に興奮が高まったか、女性の瞳がさらに妖しく光る。

「お預けくった犬みたいな顔ネェ～♪　そういう可愛い顔見ると、もっとジラしたくなっちゃうけど……いいわ。アタシの質問に答えたら、イカセてあげる」

「うひぃ～っ……な、何でも答えますから、コレ、どーにかしてぇ！」

悲鳴を上げる武。

――彼の顔が驚愕にゆがむまで、ものの数秒もかからなかった。

「それじゃ質問～！　ねぇ、どうして桜ちゃんと別れちゃったの？」

「……なんで、そんなコト知ってるんですかぁ～っ⁉」

武の声が、思わず裏返る。まさか、初対面の相手に、そんなプライベートな質問をされるとは、思いもよらなかったのだ。

「んふふ。だって、桜ちゃんから全部聞いてるものぉ～」

「お、お姉さん……桜の知り合いなんですか⁉」

(てことは、オレが童貞のフリをしてたのも、バレバレってコトかぁ⁉)

愕然《がくぜん》とする彼の肉棒を、女性はなまめかしい手つきで軽くこする。

「質問してるのは、アタシよ？　ちゃんと答えないと……」

「うひぃっ！　また発射寸前で締め上げるのはやめてぇ〜っ」

「じゃあ、早く答えて」

「ど、どうしてって言われても……そりゃ、こっちが聞きたいッスよ！　何が何だか分からないウチに、泣きながら別れ話切り出されたんスから！」

必死に武が答えると、女性は拍子抜けしたような表情を見せた。

「アララ……じゃあ、キミがフラれちゃったんだ？」

「そうッスよ、何でか知らないウチにね！」

「なんだぁ……つまんないの！」

そして——出し抜けに、武の亀頭に歯を立てた。

最も敏感な部分を遅う激痛が、一瞬のうちに快感へと昇華する。

「ウソッ……ぐおっ、おあああああっ‼」


——ビュクッ！　ビュルルッ！


次の瞬間には、熱くて白い粘液が、女性の美貌《びぼう》めがけて解き放たれた。

「アァン！　素敵ぃ、すっごく濃いわぁ！　それに、こんなにたくさぁん！」

彼女は歓喜の声を上げ、陶酔の表情で獣欲の塊を受け止める。

粘液は彼女の顔を穢《よご》した後、武のベッドのシーツへとしたたり落ちた。

それらを指ですくい取り、女性はさも美味しそうに舌で舐め取る。

「こんなにベトベトになっちゃった、うふふ……スケベな匂《にお》いだわぁ」

武が吐き出した粘液は、女性の片目にも垂れ落ち、長いまつげに絡みつく。しかし、彼女は気にするでもなく、ただ恍惚《こうこつ》の表情で粘液の味を堪能していた。

その痴態を眺める武に——次第に危機感が募る。

（……ヤベッ、こんなエロい顔見てたら、また……！）

もちろん、女性は見逃さなかった。

「……まあ！　こんなにイッパイ出したのに、もう元気になっちゃったのォ？」

「え？　いや、そりゃそーなんですけど、できればもう少し時間をおいてほしーかなー、なんて……」

「んふふふ……こんなに大きくしちゃって、ナニ言ってんのぉ……えいっ！」

——今度は、歯の代わりに爪《つめ》だった。

尿道の尖端に、よく手入れされた爪を入れたのだ。

「ぐあっ！　そ、そんな……って、うおおおおっ！　（ドビュッ）」

間髪入れず、先ほどと同量のほとばしりが宙を舞う。

「んふ♪　この調子だと、まだまだ溜《た》まってそうねぇ……さあて、武クンは朝までに、何発イケるかなぁ？」

「……あ、朝まで⁉　それは、身体がもたない……！」

「ここに歯を立てたら、どーなるのかなあ……（ガリッ）」

「ギエッ、そこは……うわわわ、また出るぅ！」

# 入院3日目

――病室に、朝日の光が射し込む。

しかし、武はまるで無反応だった。

「皆さ～ん、起きてくださ～い。もう朝ですよぉ～」

廊下の外から、桜子の声が届く。

しかし、武はやはり無反応だった。

やがて、桜子が病室に入ってくる。

「……いつまでも、寝坊ブッこいてんじゃないわよ！」

彼女の、それまでの優しい口調が、いきなりガラの悪いものへ変化した。

「ちょっと、起きなさいよ！　朝食いらないの⁉」

耳元で怒鳴られることで、武はようやく反応した。

「んん～……もうちょっとだけ、寝かせてくれよぉ。オレ、クタクタなんだよぉ～」

「なに甘えてんのよ。さっさと食べないと、冷めちゃうじゃない」

――武は甘えているわけではなく、本当に疲れ果てているのだが、むろん桜子は知る由もない。

「ううぅ～ん……アタシ、2日目はキツイのぉ～」

「誰《だれ》が2日目かぁっ！（バキィッ）」

「ぐはぁ！」

「まったく、この男は下品なんだからぁ！」

「何だよ、朝っぱらから……そんなに起きてほしけりゃ、お目覚めのチューでもしてくれ、チュー♪」

「くだらないコトばっかり言ってると、ベッドから叩《たた》き出すわよ！　このぉ！」

憮然《ぶぜん》とした表情を浮かべ、桜子は武の布団を剥《は》ぐ。

──その目が、点になった。

「んにゃ？　なんかこう、股間《こかん》がスースーしてるよーな気が……」

「……きゃあああああああっ!!（ゴスゥ）」

「ぐばっ！　……何だよ、いきなりぃ!?」

「いい加減に、寝てる間に素っ裸になるクセ、治しなさいよ！」

赤面しながら怒鳴る桜子。

布団の下から現れたのは──昨夜、謎《なぞ》の女性に精をしぼりつくされ、少しやつれた感のある武の裸体であった。当然、すり切れて赤くなっているイチモツも、外気にさらされている。

「そんなの、お前に言われる筋合いじゃないだろー！」と、武。

「勝手に布団を剥いでおいて、なんちゅー言い種《ぐさ》……ふ、ふぁっくしょん！」

裸の次は、クシャミが飛び出す。いきなり冷気に触れて、鼻の粘膜が刺激されたのだ。

「ふぁくしょん！　ブゥアックション！　……ニィックシッ!!」

「きゃあっ!!　……鼻水飛ばさないでよ、汚いわね！」

「看護婦が、患者のクシャミに怒るなよぉ……グズッ」

「だって、この制服、クリーニングしたばっかりなのよ!?　アンタ、クリーニング代、弁償してくれんの!?」

「いーじゃないかよ、鼻水くらい……昔は桜、ノドを鳴らしてザーメン飲んでたじゃねーか……（ガスガスガス）ガフゥッ!?」

「……この、恥知らずがぁ」

武のみぞおちに拳《こぶし》の雨を降らせた桜子は、物騒な光を目に宿す。よほど触れられたくない過去だったらしい。

「ねえ、アンタいっぺん死ぬ？　ここらで一発、コロ〜ッと死んでみちゃう？　ん〜？」

「あ、あの……ゲフッ……看護婦が患者を撲殺するのは、犯罪だと思いまふ……」

「うっさいわね！　新米ナースは、ナニやったって大目に見てもらえんのよっ！」

——ちなみに、看護婦だろーが患者だろーが新米だろーが、人を撲殺するのは犯罪です。念のため。

「お、お前、言ってるコトが無茶苦茶……」

「自分の無茶苦茶さを棚に上げて言ってんじゃないわよ！」

延々と口論が続きそうになった、その時。

「プッ……あはははははは！」

不意に割って入った、色っぽい笑い声。

その声の主を病室の入口に見つけ、武は仰天した。

（……昨夜のエロエロお姉さんだ！　それにしても、なんちゅーカッコしてんだぁ？）

タバコをくわえ、際どいボンデージファッションに身を包んではいるものの、ネコ科の動物を思わせる扇情的な目つきは、例の女性以外の何者でもなかった。

次の瞬間――彼女の正体を知り、さらに驚くことになる。

「あ、葵先生……！」

「……えーっ!?　あ、葵先生って……このヒトがぁ!?」

武が病院に運び込まれ、意識を取り戻した直後――いづみがしきりに名前を出していた、『美人で優しくって、皆から信頼される』葵先生。

その人物像と、眼前の女性のイメージが、武の頭の中でどうしても結びつかなかった。

そもそも、ボンデージファッションの女医など、世の中には何人もいないモノである。

「あら、アタシの名前、知らなかったの？」

「は、はい。だから、どーしてアナタが桜のコト知ってるのか分かんなくて、ビックリしちゃって……グエッ!?」

葵に応《こた》えようとした武の台詞は、いきなり桜子にさえぎられた。

「ちょっとアンタ！　いつの間に葵先生と仲良くなってんのよぉ⁉」

「ぐ、ぐるじいぃ～……グビをじめるのはやめでぇ～」

「ねえ、桜ちゃん……再会が嬉《うれ》しいのは分かるけど、そろそろ痴話ゲンカは打ち止めにしたらどぉ？」

苦笑満面の葵に、桜子は毅然《きぜん》と反論する。

「嬉しくなんかありませんし、痴話ゲンカでもなんでもありません！」

しかし。

「でも、二人のやりとり、さっきから廊下まで丸聞こえだったわよン？」

「うっ……」

――アッサリと言葉に詰まるのだった。

「げへっ、ごほっ……はぁ、はぁ、はぁ……死ぬかと思ったぁ」

ようやく首を解放され、涙目ながらも安堵《あんど》する武。

しかし、それも束の間。

「んふふ。朝から災難ね、色男クン」

「ハハハハ。これもモテる男の宿命ってヤツですよ」

「イ・イ・気・に・な・る・なっ！（ぎゅううううううっ）」

「……ヒデデデデッ！」

今度は、頬《ほお》を目一杯つねられるのだった。

「くだらん戯言《ざれごと》をゆーのは、この口か？　あン⁉」

「りゃ、乱暴《りゃんぼう》は止えてくりぇっ！　病人らぞ、オリェはっ！」

「どーせアンタのコトだから、仮病でも使ってんでしょ！」

二人のやりとりを微笑《ほほえ》ましげに眺めると、葵は手を振って病室を後にした。

「んふふふ。それじゃ、お邪魔虫は消えるわね。続きはごゆっくりぃ〜♪」

「あっ……ちょ、ちょっと、葵さん！　30分延長お願いしますよぉ！」

「リアルなボケをするんじゃないっ！（ドゲシッ）」

「アウチッ！」


『どーせアンタのコトだから、仮病でも使ってんでしょ！』

という言葉は、確かに桜子の誤解である。数日前、激しい腹痛に襲われたのは事実なのだから。

しかし、〝それなら、今も病気なのか〟と問われると——武に、肯定する自信はない。

何しろ、病室で意識を取り戻した瞬間から、腹痛は一度たりとも起きていないのだ。

とはいえ、今の彼に、退院する意思はこれっぽっちもない。

冷暖房完備、セキュリティー万全、三食昼寝&美人女医&美人ナース付き——借金取りに追われている、しかも女好きの彼が、楽園ともいえるこの病院から自ら去るわけがないのだ。

と、ゆーわけで。

「こんなハーレムみたいな所にいながら、ずーっと病室のベッドで寝てるなんて、ナンセンスにも程がある！」

——武は朝食を食べ終えるなり、病院の存在意義を真っ向から否定するような言葉を吐きつつ、院内のあちこちをウロウロし始めるのだった。

「どっかに、カワイイコちゃんはいないかなっ♪」

病院には、女医や看護婦以外にも、患者や見舞客、売店の店員、出入り業者など、様々な人たちがいる。

その中の約半分が女性だと考えると、武としては居ても立ってもいられない気分である。

——ただひとつ、重要な事実を失念していた。

そのことを、彼は午前中に、たっぷりと思い知らされることとなる。

「初診の方ですか？　……ほう、泌尿器科の診察室を探してる？　じゃあ、オレが場所を教えてあげましょう。それから、診察が終わったら、一緒にお茶でも……」

「こらぁっ、武！」

「……ゲッ、桜ぁ!?」

「外来の患者さんに手を出してんじゃないわよ！」

「うひぃ〜っ、逃げろ〜っ！」


「どうしました？　え、階段で足をくじいた？　そりゃいけない、外科のお医者さんに診《み》てもらわなきゃ。治療室まで、オレがおんぶしてあげますよ……おー、たわわなパイパイちゃんが背中に当たって……」

「……また、女の子に手ぇ出してる！」

「な、何だよ！　外来の患者さんじゃないから、いーだろ？　見ろよ、このコ。普通、外来さんはパジャマ着てないだろ？」

「入院患者さんにも手を出すな！　てゆーか、患者は患者らしく、病室で寝てなさい！」

「わ、わわっ！　注射器を投げつけてくるのは、やめろ！」

「ねーねー、売店のお姉さん、この雑誌読んだぁ？　今週号の巻頭グラビア、スッゴイんだよぉ。『シロウト人妻ヌード・夫にも見せたことのない痴態』だって！　ホラ、見てよ。ムッチムチボディのボインな若奥様が、こんなポーズを……」

「……死語まで使って、セクハラしてんじゃないわよっ！」

「だぁーっ！　だから、どーしてこんな所にまで桜がいるんだよ!?」

「こっちの台詞よ！　ゴキブリみたいに、どこにでも現れるんじゃないっ!!」

「ば、馬鹿《ばか》！　売店の品物を投げてくるヤツがあるかっ！」


「え？　どーしたの、お嬢ちゃん？　……お母さんがいなくなった？　ははぁ、迷子になっちゃったのかぁ。じゃあ、お兄ちゃんが君をナースステーションに連れてってあげるから、看護婦さんに捜してもらおうな……違う違う！　オレはおじちゃんじゃなくて、お兄ちゃんだってば」

「……武！　この期に及んで、そんなコにまで手を出そうっての!?」

「はぁっ!?　このコはどー見ても小学生だろーが！　いくらオレでも、そんな子供に手なんか出すかっ！」

「どーだか。アンタなら分からん」

「無茶苦茶言うな！　だいたいオレは、このコが迷子になってるから……」

「問答無用！」

「ひええっ、濡れ衣だぁ～っ！」

「クッソォ……どーして、行くトコ行くトコ、桜のヤツがいるんだ？　まあいいや、昼食時ももうすぐだし、いったん病室に戻って休憩しよう……アレ？」

「んん～っ、干したばっかのシーツの匂《にお》い、好きぃ～……」

「はわわ……また鈴奈先生が、オレのベッドで寝てる！　ってコトは……」

「こらーっ！　一度ならず二度までも、鈴奈先生をベッドに連れ込むたぁ、いい度胸してんじゃゃない！」

「やっぱり来やがったぁーっ！」

「やっぱりとは何よ、やっぱりとは⁉　もう、今度という今度は……！」

「何なんだよ、いったい～っ‼」


——ただひとつ失念していた、重要な事実。

それは、武の担当ナースが桜子であるということ。

院内の至る所に現れる〝天敵〟は、武の行動の自由を大きく制限した。何しろ、女性と言葉を交わした途端にやって来るから、彼としては気の休まるヒマもない。

「う～む……桜の徹底マークをどうにか剥がさんと、オレの恋愛の自由は失われたままだなぁ……」

どこへ行くともなく廊下を歩きながら、武は桜子対策に頭を悩ませていた。

「何せ、この病院はアイツのホームみたいなモンだからなぁ。アウェイのオレとしては、どーやればヤツを出し抜けるかを、まず考える必要があるかも知れんなー……う～む」

くだらないことに、持てる知力の全《すべ》てを注ぎ込もうとした、その時。

「イ、イヤっ！　止めてください！」

至近で聞こえた悲鳴に、武の足が思わず止まった。

「ん？　この声は……」

「ちょ、ちょっと……本当に困りますっ！」

「……桜か⁉」

声は、すぐ近くの病室から聞こえてくる。

急いで室内を覗《のぞ》くと――。

「へっへ……オネェちゃん。見た目通り、いい乳してるねぇ？　すっげえボインじゃねぇかヨ」

「きゃあっ！」

「お～お、触っただけでスゲエ反応だぁ。なかなか感度のいいパイじゃねえか？　ん？」

「ち、違います……ああっ！」

——桜子が、いかにも好色そうな中年患者に、あからさまなセクハラを受けていた。

（……それにしても、桜もずいぶんなオヤジに捕まったモンだなぁ）

妙な感想を抱きながら、武はドアの裏に身を隠して、中の様子をうかがう。

「違うモンか。そら、ぐりぐりしてやると、どーなっちゃうのかなぁ〜」

オヤジは、桜子の胸の膨らみをガッチリとつかみ、力任せにこねくり回した。

「ああっ！　や、やめてくださいっ……んっ！　ダ、ダメェっ！」

「なぁに、清純ぶってんだヨォ。こんな立派な乳、隠してちゃもったいねえだろ」

「そんな……イヤッ、もう、これ以上は許してっ……お願いですからっ……」

桜子は、必死に身をよじらせて、オヤジの手から逃れようとする。

しかし、オヤジの毛むくじゃらな指は、委細構わず、ナース服の上から乳首をつまんだ。

「許してって言うけどヨォ……その割にゃ、ここがビンビンになってないかい？」

「ああっ……イヤァッ！」

途端に、桜は上体を大きく仰《の》け反《ぞ》らせた。

（あっちゃー……）

その姿に、武はドアの陰で肩をすくめる。

「やっぱり、感じるんだねぇ、オネェちゃん。乳首はそんなに気持ちイイか？」

「そ、そんなワケないッ……アウッ！　い、痛っ！　やめてくださいっ！」

（……痛いワケねえよなぁ。乳首って、桜の一番の弱点だもん）

武が、こっそり呟《つぶや》く。

その呟きを証明するかのように、桜子の頬は見る間に紅潮していった。

（まあ、桜は午前中、たっぷり苦労させられたからな……いい気味だな）

ほくそ笑む武が見ている前で、オヤジは下品な口調で言う。

「オネェちゃん、色っぽい悶《もだ》え方するねぇ〜。彼氏にでも仕込まれたかい？」

「……ッ！」

「ウッヒヒヒヒヒ♪　なんだ、図星かい？」

オヤジはいかにも嬉しそうに、桜子の耳元で笑い声を上げる。

一方、武はしみじみと、昔のことを思い出した。

（その、感度のイイ乳は、オレの努力と忍耐の結晶だったからなぁ。ここまでに仕上げるまでに何度、顔をグーで殴られたことか……）

思い返しているうちに——ほくそ笑んでいたはずの彼の顔は、次第に曇っていく。

（……何だ？　妙に、ムシャクシャするなぁ……）

「違うっ、違います！　放してぇっ！」

桜子はなおも抵抗を試みるが、その力は確実に弱くなっていた。意思とは無関係に、身体《からだ》が反応してしまっているようだ。

その様子に、オヤジはますます調子に乗る。

「くひひひひ。さっきまでの澄ました看護婦とは、別人みてえじゃねえか……何なら、オレの注射器ぶち込んで、もっと別人にしてやろぉおか⁉」

そう言いながら、桜子のスカートへ無造作に手を滑り込ませるオヤジ。

「ヒイッ⁉　イッ、イヤァァアッ！」

甲高い声で、悲鳴を上げる桜子。

その時——自身でも予想外の感情が、武の身体を突き動かした。

「こっ……こらぁ〜っ！　オッサン、そりゃオレのモンだぞっ‼」

——怒り、である。

「その敏感な乳も、デッカイ尻も、頭のてっぺんからつま先まで！　そいつはぜーんぶ、オレ様専用のモンだっ！　それを、オレ様に無断で勝手に揉《も》むんじゃねえっっっ‼」

武は激昂《げっこう》しながら、病室の中に乱入した。

と、同時に——それまで、されるがままだった桜子の態度が、豹変《ひょうへん》した！

「…………いい加減にしろぉぉぉぉぉぉぉぉぉおっっっっ‼」

(ドガガガガガガッ！)

プロボクサー並に回転の効いたパンチの連打が、オヤジを襲う。

「おうっ⁉　オウッ、オウッ、オウッ、オウッ⁉」

事態の飲み込めないオヤジの頭が、左右にピンボールのごとく弾《はじ》け飛ぶ。

「こっちが黙ってりゃ、イイ気になりやがってぇ！」

「ゲゲッ……桜のヤツ、いきなりキレやがった⁉」

桜子を助けようとしていたはずの武が、戦慄《せんりつ》に顔を青ざめさせた。

「それも、100パーセント……完全にイッちまった！　桜のヤツ、こうなったら誰も止められないんだ……！」

「こちとらしょっちゅう、アンタみたいな助平オヤジに触られさすられ揉まれいじくられてんだ！」

彼の言葉の通り——怒りに燃える桜子の表情は既に、看護婦のそれではない。

左右のラッシュで顔をパンパンに腫《は》れ上がらせたオヤジも、今や完全に気圧《けお》されていた。

「あ、あの、看護婦さん……？」

「これ以上患者殴ったらクビだって言い渡されてたから、今まで我慢してたけど……もう、限界だわ‼」

「……ヒィッ！」

桜子が叫んだ瞬間、オヤジは彼女が手にしているモノを見て、腰を抜かす。

「わ、悪かった！　オレが悪かった！　か、看護婦さん、謝るよ、謝るから、その手に持ってるデッカイ注射器、下に置こうよ、な？」

「もぉ遅いっ！　コレで、正義を思い知らせちゃる!!」

ためらう素振りも見せず、桜子は大きな注射器を振りかざして、オヤジに襲いかかった。

「ひ、ひえぇぇぇっ!!　だっ、誰か助けてくれぇぇぇっ！」

「天《てん》っ誅《ちゅう》ぅぅぅぅぅぅぅっっ!!」

（あわわわわ……）

こうなってしまっては、手に負えない——武は桜子に気付かれないよう、病室をそーっと脱出しようと試みた。

が。

「ア、アンタからも、この人に何か言ってやってくれよ！」

「うわっ、馬鹿オヤジ！　オレに声をかけるなっ……わわわっ、足首につかまるなっ！」

オヤジにしがみつかれたコトで、脱出不可能になってしまった。

ふと、桜子と視線がぶつかる。

「えっ？　あ、あはは……ど、どーも」

「……あン？　アンタはいつから、そこにいたのよ？」

——目が、血走っている。とても恐《こわ》い。

「い、いいえ、ボクはその、廊下で桜子サンの悲鳴が聞こえたもので、ちょっと心配になりまして……」

「ほお、悲鳴ねえ……」

口の端だけで笑う桜子。武は、彼女の視線で眉間《みけん》が焦げそうな錯覚をおぼえた。

「つーことは、ナニ？　アタシがここでオヤジに襲われてるの、ただ黙って見てたワケ？　そゆコト？」

「いや、その、『ただ黙って』とゆーワケではなくてですね……」

必死に弁解を試みる武であったが——無駄だった。

「アンタも、このスケベなオッサンと同罪よっ！　この色魔！　痴漢っ！　変態野郎っ‼」

「待て待て待て待て待て！　そ、それはキミの認識力に問題があるぞ！　あくまでオレは傍観者であって、当事者だったワケでは……」

「うっさいわね！　今から地下室でホルマリン漬けにしてやるから、覚悟しなさい！」

「無茶苦茶言うな！　それが、看護婦の言うことかぁ⁉」

「新米は、看護婦の自覚が足りなくても許されるのよっ！」

「……ちょっと待て、オイ！　そりゃあまりにデタラメ……ギャアアアアアアッ‼」


——オヤジと武のどちらが、より厳しく〝天誅〟を食らったかは、定かでない。

# 入院4日目

「うわぁぁぁ〜ん」

ナースステーションの中にまで届く、男の子の泣き声。

すかさず、女性の優しげな声が続く。

「はいはい。男の子だったら泣かないのよ、真司《しんじ》クン」

——楓は、ナースステーションの前で泣きじゃくる真司少年の頭を、柔らかく撫《な》でてやった。

「ヒック、ヒック……ママに叱《しか》られちゃうよぉ……」

「ほらほら、泣いてても何も変わらないでしょ？」

彼女は笑顔で真司をあやしながら、半ズボンをゆっくりと脱がしてやる。

すると、ブリーフはグッショリと湿っていた。

「ううう……だけど、お漏らししちゃったし、パンツ汚しちゃったし……うぇぇぇぇん」

どうやら、トイレまで我慢できなかったらしい。

病院という子供の多い空間では、このような粗相の始末をするのも、看護婦の大事な仕事である。

「仕方が無いわね」

楓は微笑《ほほえ》みを絶やさず、ブリーフも脱がせた真司の腰に、バスタオルを巻いてやった。

「それじゃ、お姉ちゃんがボクのズボンをお洗濯して、キレイにしてあげるわ」

「グスッ……ホント……？」

「ホントよぉ。病院にはね、すぐにお洗濯モノを乾かしちゃう機械があるの。だから、真司クンのズボンもパンツも、簡単にお洗濯ができるのよ」

「ふぅ～ん……」

「だから、それまでの間、このお部屋の中でちょっとだけ待っててね」

「ありがとぉ……」

——真司がナースステーションの中に消えていくと、入れ違いにいづみが現れた。

彼女は、洗濯をしようと立ち上がった楓に、一言。

「ほえぇ～……楓ちゃんってやっぱり、子供をあやすのも上手ねぇ～」

「……まあ、このくらいはね」

そう言って振り向く楓の顔には、先ほどまでの優しい表情ではなく、理知的で少し冷たい感じのする、普段の表情が浮かんでいた。

「それに、いつまでも泣かせたままってワケにはいかないでしょ。ただでさえ、子供の泣き声はよく響くんだから」

「そりゃそーだけど……それにしても、楓ちゃんって、子供には優しいよねぇ」

「……子供〝には〟って、人聞きが悪いわね」

「だってさ～、楓ちゃんって、私やさっちんや先生たちと話す時には出さないじゃない、あんな猫撫で声」

「悪かったわね、猫撫で声で」

彼女が少しムッとした様子を見て、いづみは慌ててフォローする。

「で、でもさぁ、逆よりはいいじゃない？　ホラ、たまにいるじゃない。患者さんに素っ気なくって、独身の先生には色目ばっかり使う看護婦とかさぁ」

「そういうのは、単なる〝玉のこし〟目当てなんだから、放っておけばいいのよ」

「ひえぇ……楓ちゃん、手厳しぃぃ〜」

「……かといって、本当に二重人格っぽいのも困るけどね」

「ああ、あの先生のコト？」

「もう少し、昼と夜のギャップが小さいと、みんな助かると思うんだけど……」

そう言って、楓がため息をついた、その時。

「あれぇ？　楓ちゃんにいづみちゃんジャン！　二人ともヒマだったら、お茶しない？」

「あ、中谷さん……」

「…………」

武が、ナースステーションのそばまでやって来たのだ。

彼の姿を見て、二人の看護婦は自然と押し黙る。

「あれ？　どーしたの、急に？　オレの顔に、何かついてる？」

キョトンとした表情の武に、楓はあきれたような口振りで言う。

「……アナタ、よく平気でいられますねぇ」

「平気？　意味が分からないんだけど……」

武の鈍い反応に、いづみもついツッコミを入れた。

「だって……オジサンの方は、全治一ヶ月ですよぉ？　よく、たった一日で病室の外を出歩けますすねぇ」

――昨日、桜子の〝天誅《てんちゅう》〟を受けた武とセクハラオヤジだったが、負傷の程度はハッキリ明暗が分かれたようだ。

その事実について、武が答えていわく、

「ああ……オレ、桜のヤツには殴られ慣れてるからさぁ」

「な、殴られ慣れてるって……」

「……そんな理由で、ケガの程度を抑えられるモノなんですか？」

看護婦たちは、思わず顔を見合わせた。

一方の武は、頭をかきながら補足する。

「ワハハ。あの乱暴者のヒステリーを、まともに正面から受けてたら、命がいくつあっても足りないからね。自然と、自分を守る方法も身に付くって……」

「誰《だれ》がヒステリーよっ⁉」

——そこへ、前触れなく桜子が現れた。

「うわっ⁉　オ、オマエ、どこから出てきた⁉」

「ヒトを幽霊みたいに言わないで！　器具の後片付けを終わらせて、ナースステーションに戻ってきただけよ！」

「誰が、幽霊に例えるかっ！　……そんな可愛《かわい》いモンじゃねえだろう、お前は」

「……殺すっ！」

桜子は、拳《こぶし》をブンブン振り回して、武に突進する。

「うわうわうわっ！　お前のパンチを2日連続でもらったら、ホントに死ぬだろーが！」

必死にそれをかわしながら、逃げ道を模索する武。

無意味にハイレベルな攻防が、いづみと楓の目前で展開される。

「ひゃぁーっ……中谷さん、さっちんの高速コンビネーションを、ダッキングだけでかわしてるぅ……あ、フリッカージャブもよけた。スゴーイ」

「……いづみ。こういう場面で、ボクシング用語を使って解説するのは、やめてくれないかしら」

「えー、どおしてー？　分かりにくかったぁ？」

「そうじゃなくて……サクラの攻撃には、〝足技〟もあるのよ」

楓が説明するそばから、桜子の鋭いカカト落としが、武の後頭部に直撃した。

「この、エロエロ・ノータリン男がぁ！（ぼぐっ）」

「ぎゃああっ……！」

彼の悲鳴がきっかけになったのか——楓は、大事なことを思い出す。

「あ……真司クンのズボンとブリーフ、まだ洗ってなかった……」


「イテテテ……よく、ムチウチにならずに済んだなぁ……」

——夜、消灯時間が過ぎても、武はすぐに寝ることができなかった。

昼間、桜子に食らったカカト落としの影響で、首の筋を傷めてしまい、痛みで眠れないのだ。

「それでなくても、こんな早い時間に、オレみたいな健康な男子が寝られるワケないのに……照明は落ちてて何もできないし、テレビの電源は強制的に切られてるし……くそう」

喧噪に満ちていた院内も、今ではすっかり静寂に包まれている。

周りの病室は高齢の患者が多いからか、健やかな寝息以外の一切の音が、聞こえてこない。

「なんか……2割くらい、寝息も立ててなさそーだなぁ」

不謹慎なコトを呟《つぶや》く武。もはや、その程度しか暇つぶしのネタはなさそうだ。

と――。

「……ん⁉」

ふと、彼の視線が廊下へ釘付《くぎづ》けとなる。

「今……確かに、誰かが部屋の前を横切っていったよ、なぁ？」

足音はしない。既に、病室を遠く離れてしまったのか。

しかし、影はハッキリと確認した。幽霊などではない限り、何者かが廊下を歩いていたのは間違いない。

「髪の毛は長そうだったから、女だと思うんだよなぁ……」

となれば、武の取るべき行動は、ただひとつ。

「……んじゃ、真夜中の散歩にでもシケこみますか！」

彼はさっそく病室を飛び出し、影の主を捜すべく廊下を歩き出した。

ただ――捜索は、アッという間に行き詰まった。

どれだけ早歩きで廊下を進んでみても、足音がまるで聞こえないのだ。影の主が走って移動しない限り、二人の距離は縮まってもよさそうなものなのに――。

「う〜む……アレからそんなに時間経《た》ってないのに……どこかの部屋に入ったのかなぁ」

武はいったん歩みを止めて、不満げに眉《まゆ》をひそめる。これでは、深夜の暇つぶしもままならないではないか。

——バタン！


「うん⁉　今の……ドアの音だよな？」

自分の病室付近から聞こえてきた音に、武のテンションは俄然《がぜん》高まる。


コツ、コツ、コツ——。


「……間違いない！　こっちに誰か来る！」

息を呑《の》んで、遭遇の時を待つ。

程なく——廊下の曲がり角から、人影が現れた。

「はぁ～……っとに、葵のやつッ！　ナニが悲しくて、こんな夜中にアイツの遊びに付き合わなきゃなんないのよ！」

影の主は、大人びた美貌《びぼう》を誇る、妙齢の女性だった。

白衣を着ているということは、女医と考えて間違いなさそうだ。

「このクソ忙しい時に、あんなツマンナイ用事で呼び出すなんて……ホント、ナニ考えてんのかしら⁉」

憤然とボヤく内容から察するに、葵の友人——それも、親友や悪友に類する、深い付き合いの女医らしい。

「あーもう、イライラするなぁ……気分転換に、シャワーでも浴びた方がいいかな」

ただ——その声に、武は聞き覚えがあった。

(どっかで聞いたことある声なんだけど……葵さんは別として、こんなに綺麗《きれい》な女医さんなんて、いたっけか……?)

彼は一瞬、首をひねり——そして、仰天した。

女医の胸の名札に書かれている漢字に、目が止まったのだ。

(ええと……〝汐華《しおばな》鈴奈〟って名前なんだ……鈴奈ねぇ…………鈴奈さんだとぉおっ⁉)

武が鈴奈に抱くイメージは、〝四六時中寝ぼけている〟というもの以外にない。

当然、彼が知る鈴奈は、いつも眠い目をこすっているような女性なのだが——。

(でも、ちゃんと起きてるぜ⁉ 目だってパッチリ開いてるし……それに何だか、葵さんに負けず劣らず色っぽいぞ! 昼間の鈴奈さんと、ぜんっぜん違うじゃないかっっ‼)

あまりの別人ぶりに、茫然《ぼうぜん》とする武。

そのためか、身を隠すのを忘れてしまい、アッサリと鈴奈に見つかった。

「……アラ、どうしたのかしら?」

(あっ、ヤベッ! 見つかっちまった!)

「ダメよ、患者さんがこんな時間に出歩いてちゃ。ね？」

歩み寄ってくる彼女に、武は慌ててしまったからか、妙に緊張した面持ちで言葉を返す。

「は、はいっ！　そーですねっ！」

「……どうしたの？　そんなにカタくなっちゃって？」

「あ、いえ、その……ちょっとトイレに行こうかなぁって思いましてぇ～」

「あら？　トイレはあっちよ？」

「え、ウソ⁉　……あ、ホントだ。ア、アハハハ、まいったなぁ～。ボク、寝ぼけてたのかなぁ～？」

そのギクシャクした返答に、鈴奈は思わず噴き出した。

「プッ……うふふふ。大崎クン、だったかしら？　キミ、面白いわねぇ～」

「そ、そうッスかね？　ちなみにボク、中谷っていうんですけど……」

「そういえば、大泉クンって、変わった症状で入院したんでしょう？」

「え、ええ、まあ……」

ぎこちなく答えながら、武は内心で妙に感心する。

（……名前を覚えてくれないところは、いつもと変わらないんだなぁ……）

そんな彼に、鈴奈は妖《あや》しい笑みを浮かべて言う。

「ねぇ……これから、ちょっと私の部屋に来ない？」

「えぇっ⁉　い、い、いいんですかぁっ⁉」

「……なぁ～んてね♪」

「（ガクッ）ス、スカシ技ですか……期待させといて、ヒドイなぁ～」

「うふふ。もう真夜中よ。患者さんは寝なさい」

そして、手をヒラヒラと振って、武から離れていった。

彼女の後ろ姿を、ただ黙って見つめる武。しかし。

「……シャワー浴びるって言ってたよな、確か？」

頭の中は一時の混乱から立ち直り、いつもの調子を取り戻しつつあった。

「つまり……今、ノゾキに行けば、あのムチムチプルプルのお乳が、生で見れるワケか。

しかも、桜の邪魔を心配することなく……ムヒヒヒヒヒッ！」


――数分後、彼は病院の一角にあるシャワールームへの潜入に、成功した。

（ラッキー……どーにか、尾行がバレずに済んだな）

こっそりとほくそ笑みながら、脱衣所を匍匐《ほふく》前進する。

武が見据える先には、磨りガラスで出来たシャワールームのドア。

その向こうからは、鈴奈の鼻歌が聞こえていた。

「ふふ～ん……ふんふふふ～ん♪」

数年前のヒットナンバーに、涼しげなシャワーの水音が重なる。

他の音は——聞こえない。

籐《とう》のカゴには——鈴奈の下着のみ。

(つまり、シャワールームには鈴奈さんしかいないってコトだ……ヒヒヒヒヒッ♪)

磨りガラスの奥で、人影が揺れる。

その人影が、こちらを向いていないのを確認して——武はいよいよ、ドアに手を掛けた。

細心の注意を払い、無音でドアを開けていく。

すると、水音とともに、シャワールームにこもっていた蒸気までが、ドアの隙間《すきま》から更衣室に流れ込んだ。

(むぅぅっ……湯気が邪魔で、視界を確保しきれんなぁ。これは、相当近くまで接近しないと……)

降りかかる水しぶきにも負けず、武はジリジリと床タイルの上を這《は》う。

やがて、もうもうと立ちこめる湯煙の中から、次第に人影が浮かび上がってきた。

もちろん——鈴奈のオールヌードである。

「ふぅぅ〜っ……気持ちイイ〜」

(……ビンゴォ!!　予想通り、抜群のプロポーションッッ！)

水晶球のように艶《つや》やかな乳房と、桜色の尖端《せんたん》。

くびれたウエストから張りのあるヒップにかけての、優雅なボディライン。

シャワーから噴き出す湯水は、その瑞々《みずみず》しい肢体に弾《はじ》かれ、伸びやかな両脚を伝って床タイルに滑り落ちていく。

まさに、大彫刻家の作品にも匹敵する、美しい裸体であった。

(それにしても……鈴奈さんって、あんな色っぽい身体《からだ》で、無防備に病院内ウロつくんだよな？　一緒に仕事してる野郎どもは、タマらんよなぁ～)

妙な同情を覚える武の耳に——ふと、鈴奈の愚痴が滑り込んできた。

「……まったく、葵ったら余計な世話をかけてくるんだから……ナンダカンダ言って、すーぐ、私をコンパに引っ張り出そうとするんだから」

(へえ、葵さんと鈴奈さんの出席するコンパかぁ。参加してーなー)

「興味ないって何度言っても、勝手にメンツに組み込むんだもの。ヒトをダシにして遊ぼうって魂胆が見え見えなのよね、まったく……」

どうやら鈴奈は、コンパで男性と話をすることに、まるで関心がないらしい。

(いきなりオレに夜這いかけてきた葵さんとは、趣味が正反対なのかな……？　まさか、男ギライ？　だとしたら、もったいなさすぎるぞ……ん？)

不意に武は、鈴奈が不思議な行動を始めたことに気付いた。

シャワーをいったん止め、二の腕の下辺りの肉を、指でつまんでいたのだ。

「……まだまだ、大丈夫よね？　葵のヤツが耳元でギャアギャア言うから、少し心配になっちゃったけど……」

（な、何が大丈夫なんだ？）

一瞬、首をひねる武だったが、続く鈴奈の一言で納得した。

「ん〜……やっぱり、太ったかなぁ。ここんところ運動不足だったのは、確かなのよね」

――要するに、彼女は二の腕に贅肉《ぜいにく》がついていないか、チェックしていたのだ。

鈴奈は引き続き、何やらブツブツと呟きながら、身体のあちこちをまさぐる。

その行為自体が、武には不満であった。

（……何をチェックする必要があるんですか、鈴奈さん⁉　オッパイもウエストもお尻も、ちょーどいい具合の肉付きなのに……ダイエットなんかしちゃダメですよ！）

とはいえ、〝良いスタイル〟の基準は、男と女で大きく異なるモノである。

鈴奈は当然、女性の考える〝良いスタイル〟の基準に従って、全身の肉付きを丹念にチェックする。

その結果――一言、ポツリと呟いた。

「……大丈夫みたいね」

（その通り！　大丈夫ですって！）

腹這いのまま、大きくうなずく武。器用な男である。

鈴奈は安心したからか、お湯の温度を少し上げ、改めてシャワーを浴び始めた。

これまで以上の蒸気が立ち、武の視界は再びさえぎられる。

（なにぃっ⁉　こ、ここへ来て、湯気が邪魔をするかっ！　それなら、もっと鈴奈さんに肉迫するまでっ‼）

いよいよズブ濡れになりながらも、武は決然と匍匐前進を再開した。

（鈴奈さぁ〜ん、待っててねぇ〜……おっ、見えてきた見えてきた……）

蒸気が濃くなったのを逆用し、さらに至近距離まで――ボディソープとシャンプーの香りがハッキリ嗅《か》ぎ取れる位置まで接近する。

「ふぅ……」

「……むぅっ⁉」

――彼の動きが不意に止まったのは、鈴奈に見つかったからではない。

彼女の右手が、いつしか下半身に伸びていたからだ。

薄い茂みに掌《てのひら》が添えられると、指はさらに下方へ動き、太股《ふともも》の付け根のスリットに潜り込んでいく。

「んっ……」

くぐもったうめき声。鈴奈の中で、何らかのスイッチが入った音だった。

（……オイオイオイッ！　コレって、もしかして……⁉）

武の瞳《ひとみ》が、期待でランランと輝き出す。

その熱い眼差《まなざ》しに全く気付かないまま、彼女の左手はバストの表面を這うように迫《せ》り上がり、慣れた指遣いで尖端を転がすようにつまむ。

「ああ……」

途端に、濡れた唇から悩ましい吐息が漏れた。

眉をひそめ、声を殺そうと唇を噛《か》みしめるが、両手は休むことなく秘所と乳首をもてあそび続ける。

「ハァ……ハァ……う、ンクッ……」

抑えきれない肉欲が、鈴奈の口の端からこぼれ出し、武の鼓膜と欲情を刺激する。

(やっぱり……どう見ても、オナニーだよなぁ⁉)

鈴奈の乳首は、目に見えてふくらんできた。どんどん固くなる突起は、上から降り注ぐ水流を浴びて、なまめかしい光沢を帯び始めた。

秘所をまさぐる指遣いも、いよいよ激しさを増す。

チュク——ジュプッ——。

明らかに水音とは異なる響きが、鈴奈の股間《こかん》の辺りから聞こえてくる。

時折、指の隙間から見える肉芽は、今や包皮から完全に顔を出すほど、パンパンに勃起《ぼっき》していた。

「ン……ハァッ！」

突然、あえぎ声がひときわ甲高くなる。

同時に、ヒザが力なく折れ曲がり、鈴奈はその場でしゃがみ込んでしまった。

（か、感じすぎて、立ってられなくなったのか……⁉）

武が息を呑んで見つめる中、彼女はしゃがんだ状態のまま、自慰を再開する。

「ああッ！　……イ、イイッ、しびれちゃうっ……！」

もはや、声を押し殺す素振りすら見せない。

シャワールームに、鼻腔《びこう》を疼《うず》かせる〝牝《めす》〟の匂《にお》いが立ちこめる。

「熱ぅい……身体が熱くて……手が勝手に動いちゃうぅ〜っ！」

鈴奈は頬《ほお》を羞恥《しゅうち》に染めながら、その手で自らの乳房を鷲掴《わしづか》みにし、子宮から淫《みだ》らな液体を汲《く》み出す。

「あぁ……こ、ここんとこ、ずっと研究室にこもってたからかしら……ダ、ダメッ！　感じすぎちゃううっ！」

しゃがんでいる体勢すらつらくなったのか、いつしか彼女は床タイルの上にしりもちをついていた。

もちろん、オナニーは止まらない。今度は両手を股間にあてがい、右手の指の腹でスリットの縁を撫で回し、左手の指で突起を転がす。

排水口に向かう水流の中で、鈴奈の垂れ流した液が、微妙に色合いの異なる筋を作り出した。

「で、でも……こんなコトばかりやってて……わたし、変なのかしら……？」

ふと、震える声で呟きながら、彼女はうっすらと涙を浮かべる。

しかし、それは懊悩《おうのう》の涙ではなかった。

「……っあああ！　ス、スゴイィ！　頭までズキズキきちゃうっ！」

次の瞬間、鈴奈は全身を震わせ、上半身を大きく仰《の》け反《ぞ》らせた。

悦楽の涙が、口の端から漏れたよだれと混じり、アゴの先端からしたたり落ちる。

もうもうと湯気の立ち上る中、鈴奈の裸体はゼンマイ仕掛けのオモチャのように、断続的に痙攣《けいれん》を繰り返した。

さっきまでスリットを愛撫《あいぶ》していた右手の指は、狂おしいばかりの勢いで、煮えたぎった蜜壺《みつつぼ》の中を掻《か》き回す。

左手も、最も敏感な肉芽を、親指と人差し指でコシコシとしごいていた。

「あぁンッ……か、身体の奥がジンジンして……んんっ!!　も、もう……あああ」

だらしなく広げられた両脚が、魚のようにビクビク跳ねる。

ここまで来れば――もう、数秒とかからなかった。

「あハァン！　き、気持ちイイ……あ！　イ、イッ、イッちゃう！　イッちゃう！　イッちゃ…………ッ、カハッ……!!」


絶叫の最後の方は、声にならず、ただ熱い吐息を吐き出した。

ものすごい勢いで動いていた指は、絶叫が途切れるのと同時に、ピタリと止まった。

代わりに、雷に打たれたかのように、上体が幾度となく波打った。

――やがて、力なく壁にもたれかかる。

一気に絶頂を迎えた鈴奈は、そのまま眠ってしまったかのように、動かなくなった。

ただ、大きく上下する肩だけが、彼女を包み込んだ快感の大きさを示していた。


「……鈴奈さん、綺麗だったなぁ……それにしても……」

――こっそりと病室に引き上げた後、武は二つの疑問を抱えた。

第1は、鈴奈のこと。

「どーして、あんな場所でオナニーなんだ？　鈴奈さんほどの美人なら、オトコなんて取っ替え引っ替えだろうに……」

『研究室にこもってた』という言葉も聞いた。ということは、鈴奈は患者を診《み》る臨床医ではなく、研究医なのだろうか？

どちらにしても、あの美女に関する謎《なぞ》は深い。

そして、疑問の第2は――。

「……で、オレ自身のコレは、どー処理すりゃいいんだ？」

パジャマの上からでも、ハッキリと分かる。武のイチモツは、今にもはち切れんばかりに勃起していた。

――勃起し続けていた、と表現した方が正解か。何しろ、シャワールームから脱出した時点から、彼の股間は収まる気配をまるで見せないのだから。

「いくらなんでも、こうも悶々《もんもん》としたままじゃ、とても眠れないだろ……」

とはいえ、鈴奈の痴態をオカズに〝ソロプレイ〟というのでは、いかにも寂《さみ》しすぎる。

どうやら、当初〝目の保養〟と思っていた鈴奈のオナニーシーンは、逆に〝目の毒〟だったようだ。

「んー、どうやってスッキリさせたモノか……あ、そだ」

ふと、疑問に対する回答がひらめいた。

「考えてみりゃ、まだ一度も使ってないじゃん……ナースコール♪」

武は嬉々として、ベッド脇《わき》に設置されているナースコール用のスイッチを押した。

「せーの……ポチッとな」

そして、再びベッドに横たわりつつ、恐るべき暴言を吐く。

「考えてみたら、こーゆー時はカワイイ看護婦さんにヌイてもらえばいいんだよな。何せ、白衣の天使だもん。頼めば、楽勝でシテくれるよなぁ！」

——セクハラであるばかりか、看護婦という職業を大きく誤解した発言だったが、本人はそこのところをちっとも理解していない。

「手コキはイヤだなぁ。せめて、フェラでヌイてもらわないと。もちろん、それ以上のやり方でっていうなら、大歓迎なんだけど……おっ、来た来た！」

この病室に向けて、足音が近付いている。武の期待は、否応なく高まった。

そして——看護婦が、病室に入ってきた！

「うぇるかぁ〜む、せにょり〜たぁ♪」

「武っ!!」

「……アレ？」

「ハァ、ハァ、ハァ……な、何かあったの!?　大丈夫っ!?」

看護婦の顔を見て、武は大いに落胆した。

「……なんだ、桜か。どーして、お前が来るんだよ？」

「どっ……どーしてって……ナースコールで呼ばれたからに決まってるじゃないの！」

看護婦——桜子の息が荒い。大急ぎで病室にやって来たのだろう。

しかし、武にとっては知ったことではなかった。あるいは、気付かなかった。

「チッ、ババ引いちまったか」

「……へっ？」

「お前、もういいよ。チェンジ、チェンジ。できれば今度は、可愛くておとなしいコをよろしく」

一瞬だけ怪訝《けげん》そうな表情を浮かべる桜子。

彼女の右拳が次の瞬間、武の顔面に叩《たた》き込まれた。

「……ふざけるなぁ！（バキャッ）」

「ブハッ！」

「アンタねえ、ナースコールってモンの意味、ちゃんと分かってるんでしょーねぇ!?」

「無論だとも。見ての通り、ココがいつまで経ってもビンビンだから、慰めてもらおうと思ってだね……」

「ここは、そーゆー店じゃないっ!!（ドギャッ）」

「ギエッ！　……お、お前、看護婦のクセに、患者をバンバン殴るなよ！」

「うっさいわね！　看護婦をそーゆーイヤラしい目でしか見てないヤツが、股間突き出してエラソウな顔すんじゃないわよっ！」

桜子は鬼の形相で怒鳴りつけた。しかし、武は構わず悪ノリする。

「んなコト言ったってさ、こんなに腫《は》れ上がっちゃってるんだぜ？　ヤッパ、こーゆートコはキッチリと、白衣の天使さまの完全看護で処理してもらわ……待て待て待て待て！」

それでも、桜子がパイプ椅子《いす》を投げつけようとすると、さすがに慌てたようだ。

「遠慮しなくていいのよ……天国行けば、ホントの天使さまに処理してもらえるんじゃないの？　ん⁉」

「おっそろしいコト言うな！　いいじゃねえか、看護婦さんにヌイてもらうくらい！　夜中の病院徘徊《はいかい》して、誰彼構わず夜這いかけるより、ずっとマシだろ？」

「なんちゅー屁理屈《へりくつ》コネてんのよ、アンタは⁉」

いよいよ頭に血を上らせる桜子。ムキになりやすい彼女の性格を熟知している武としては、なおさらからかいたくなるのだった。

「とりあえず、うるさい桜はほっといて、改めてナースコールすっかなぁ♪」

「だから、やめてって言ってるでしょ！」

「……なんで？」

「な、なんでって……そりゃ、アンタとアタシの昔のこと、もう看護婦連中に知れ渡ってるから……」

「へぇー、オレってこの病院じゃ、有名人なんだ？」

「バカ！　アタシと昔付き合ってたっていうから、みんなが面白がってウワサしてるだけよ！」

「どっちにしても、それだけオレの名前が知れ渡ってるなら、話が早くていいや。さぁて、ナースコール、ナースコール♪」

「押すなぁっ！（ボコッ）」

「ぐほぉっ！」

「ただでさえ、アンタはアタシにとって過去の汚点なんだから！　これ以上、みっともないマネをして、アタシに恥をかかせないでよっ‼」

「……じゃあ、桜がコレを処理してくれよ」

〝えぇーい、アホかぁーいっ‼〟

――という反応を予想して、武は急所を殴られないよう身構える。

ところが。

「えっ……」

桜子は武に殴りかかる代わりに、意表を突かれたような顔をして、わずかに頬を赤らめた。

（……あれ？　どしたんだ、コイツ？）

彼女の様子に、武も戸惑いを見せる。

「……い、今さら、できるワケないでしょ、そんなコト……」

桜子の拒絶の言葉にも、普段のような力強さがない。何だか、普通に恥ずかしがっているような――。

（ま、まさかな……）

一瞬頭をよぎった可能性を否定しつつ、武はパンツのズボンをトランクスごとずり下ろした。

「んなカタイこと言わないでさあ。頼むよ、桜ぁ〜。早くしないと、今にも漏れちゃいそーでさぁ〜」

彼のイチモツはすっかり紅潮し、ビクッビクッと脈打ちながら、天に向かって雄々しくそそり立っていた。

「コイツをおしゃぶりしてくんないかなー。前みたいにベロベロ〜ってさぁ」

下手《へた》をすれば、蹴《け》り潰《つぶ》されるかな——そんなリスクも彼は覚悟していたのだが、桜子はそんなことをしなかった。

「やめてっ!! アタシ、アンタのそーいう無神経なトコが、大嫌いなのよっ！」

目を固く閉じ、勢いよく顔を背ける。

——武は、彼女が本当に腹を立てている時、こんな素振りを見せないことをよく知っていた。

（昔からクセが変わってないとしたら……桜、本気では嫌がってないのか!?）

かつて、二人が付き合っていた頃《ころ》——デートの最中でもベッドの中でも、桜子はしばしば、このようにそっぽを向いた。

一度だけ、頬を膨らませながら、その時の心情を口にしたことがある。

『言う通りにはするけど……なんか、アンタの言いなりみたいな感じがして、シャクにさわるわねー』

——つまり、顔を背ける時の桜子は、図星を指され、素直になれないでいるだけなのだ。

そこまで考えた瞬間、武の胸中に、何かが甦《よみがえ》った——。

「……そんな大声出すなよ。隣の病室の爺《じい》さんが、目を覚ましちまうぞ？」

「あっ……」

我に返り、反射的に自らの口をふさぐ桜子。

そこに、一瞬の隙ができた。

「まったく、騒々しいなぁ。そーいうトコは、昔とちっとも変わらないんだ……なっ！」

その隙を突き、武は桜子の腕をつかんで、力任せに抱き寄せた。

「エッ……あ、キャッ⁉　ダ、ダメ！」

「……そーいうトコが、可愛いぜ……桜……」

「ちょ、ちょっと、ウソッ……やめて、そんなの……ンンッ⁉」

そして、抗《あらが》おうとする彼女の唇を、強引に奪う。

一瞬すくんだ桜子の身体は、見かけの割に華奢《きゃしゃ》だった。

武の舌は、すぐさま桜子の唇を割り、その奥の舌に絡みつく。舌先に感じるかすかな甘味が、武にはとても懐かしかった。

腕は、桜子の身体を執拗《しつよう》にまさぐった後、スカートの中に滑り込み、ショーツの上から彼女の柔肉を撫で始める。

「んふッ……！　だめェ……ん！」

驚いた桜子が、武から唇を引き離す。

——表情が、一変していた。

武を散々にらみつけていた瞳が、トロンと潤みを帯び始めている。

ついさっきまで罵詈雑言を並べ立てていた唇が、妖しい光沢を放っている。

（やっぱり……桜は昔から、キスに弱かったからなぁ……）

胸の内に広がる感慨を感じつつ、武は桜子の耳にささやいた。

「ダメなモンか。なあ、昔はいつも、最初に口でしてくれたじゃないか」

桜子の拒絶も、先ほどまでとはニュアンスがまるで変わっていた。

「ゆ、許して……アタシ、夜勤だし……それに、こんな所でなんて……」

哀願口調である。普段の強気の面影は、どこにもない。

「だったらなおさら、早く咥《くわ》えてくれよぉ。モタモタしてたら、誰か来ちゃうだろ？」

「そっ、そんなコト言ったって……夜勤の子に、匂いでバレちゃ……あっ!?」

なおも抵抗しようとする桜子が、いきなり肢体を震わせた。

武が、彼女の首筋のある部分に触れたのが、キッカケだった。

「どうした？　急に黙ったら、お前が何を言いたいかが分からないだろ」

「だ、だって……ヒィッ！」

——次いで、耳の後ろ。

さらに、右の鎖骨のくぼみに指の腹を滑らせると、桜子は身体を小刻みに震わせながら、武の肩にしがみついた。

「くふっ……！　な、何で、こんなに……ハウゥッ……」

桜子は理由も分からず、声が出そうになるのを必死にこらえる。

もちろん、武は理由を知っていた。

（〝発火装置〟も、昔のまま残ってるんだな……）

初めて身体を重ねた日から、武は桜子の身体の各所を、時間をかけて〝開発〟した。

彼が刻んだそれらの〝刻印〟は、人の手が触れた途端に、桜子の身体の中に官能の火をともすのだ。

武はそれらのポイントに、丹念に愛撫を重ねる。各所にともした火は、やがて身体の奥で大きな官能の炎となって、桜子の身を焦がし始めるはずなのだが——。

「あっ！　ヤァ……だ、だめ……んん！」

次第に、桜子の身体から力が抜けていっている。武の〝発火装置〟は、確実に作動しているようだ。

桜子は必死に武の手を払いのけようとするが、既にそれもかなわないほど腕力が奪われている。

武の指がうごめくたびに、桜子の全身からジットリと汗が噴き出し、腰がクネクネと切なげに動く。

――いつしか、彼女のあえぎ声のボリュームは、部屋の外に漏れそうなほどに大きくなっていった。

「ひゃン……ああっ！　許して……こ、これ以上は……ンアウッ！」

ついに悲鳴を上げる桜子に、武は会心の笑みをひらめかせる。

「……じゃあ、早くしてくれよ。でないと、お前がイクまでいじり続けるぞ」

ようやく愛撫の手が止まると、桜子は肩で息をしながら、恨めしげに武をにらみつける。

「ハァ、ハァ、ハァ……変わらないのね……その強引なトコ……」

そして、ベッドの脇《わき》に座った武の前に、おもむろにひざまずいた。

病室の暗がりの中でもハッキリと分かる、屈辱と恥辱の表情。

だが、そんな桜子の表情は同時に、武に屈服されられたことによる、被虐の妖しい色に染まっている。

「ホラ、いつものようにやってくれよ。そしたら、すぐに終わると思うからさ」

「……ふぅ……」

彼女は静かにため息をついてから、反り返ったままになっている武の肉棒をつかみ、上体を傾けようとした。

「……おいおい、違うだろ」

ふと、武が制止する。

「えっ……？」

「オレはどうやってフェラするって教えた？」

「…………」

もう、桜子は逆らわなかった。

彼女は、もみくちゃにされたナース服の胸元をはだけさせると、改めて武の股間に顔を寄せ、赤銅色に屹立《きつりつ》した肉棒を口に含む。

「んむっ……」

そして、一瞬だけくぐもったうめき声を上げた後、ゆっくりと奉仕を始めた。

桜子の奉仕は、いわゆる〝スロート〟が中心。根元まで飲み込んでは、サオの部分を全《すべ》て吐き出す――基本的にはその繰り返しだが、亀頭部分からは決して口を離そうとしなかった。

頬をすぼめ、唾液《だえき》を口の中いっぱいに溜《た》めることで、派手な音を立ててフェラチオを続ける。時折、唇を強く閉じてサオを締めつけたり、舌先でカリの部分をチロチロつついてみたりと、細かい変化もつけてくる。

「うっ……」

武は、葵ほど熟練していない——しかし、彼の好む刺激を熟知している桜子の奉仕に、思わず声を上げてしまう。

そのあえぎ声に気をよくしたのか、桜子はますます情熱的に、奉仕に没頭した。

頬はうっすらと上気し、口の端には泡立った唾液がまとわりつく。

汗ばんだ肌は女の匂いを放ち、武の鼻腔を存分にくすぐる。

「……おっ！」

不意に、武は声を上げた。

桜子が、既にあらわになっていた自らの乳房を持ち上げ、その弾力ある塊で武の剛直を挟み込んだのだ。

「ようやく、パイズリしてくれる気になったか！　こうでなくちゃ、わざわざ前をはだけさせた意味がないよなぁ！」

勢い余って、つい憎まれ口を叩いてしまう武。

しかし、桜子はネットリとした視線で、彼を一瞥《いちべつ》しただけだった。

「ハァ……ハァ……ちゅぱっ」

そして、両の乳房で肉棒をこすり始め、亀頭を引き続き唇で刺激し続けた。

はちきれんばかりに張りのある乳房は、肉棒を包んだり絞り上げたりするたびに、さまざまな形にゆがみ、紅潮の度合いを増してくる。

「おぉ……そうだ、いいぞ……」

武はこらえかねた様子で、吐息を漏らした。肉棒を包む熱が、彼の中の快感を少しずつ大きくふくらませていく。

「……っぷあ！　ハァ、ハァ……」

ふと、桜子が肉棒から口を離した。

「あぁっ……どうして……胸の先っちょがジンジンして……き、気持ちイイ……」

震える声で呟くと、彼女は胸の谷間から見え隠れする亀頭に、自らの唾液をたっぷりまぶす。

唾液は谷間に流れていき、肉棒をこする動きをさらにスムーズにした。

それを確認し、再び亀頭の先端を咥える。

「おおおっ……!?」

思わず、武の声のトーンが上がった。

まるで、快感が倍加したような感覚に、全身から汗をにじませる。

「ス、スゴイな、桜……」

これ以上、特に注文を付けようとは思わなかった。

ただ、桜子に身をゆだねているだけで、最後まで昇り詰めるのが確信できたからだ。

桜子は引き続き、卑猥《ひわい》な音を立てて肉棒を舐《な》め続ける。

唇を、舌を、口腔《こうこう》を、乳房を、さらには（無意識とはいえ）体臭すら使い、桜子は全身で、武の獣欲を急速に満たしていく。

それは不思議な、そして強烈に懐かしさが刺激される瞬間であった。

かつて——毎晩のように、このように愛し合った時期があった。

突然の別れを迎えてからは、二度とこのような瞬間は来ないと思っていた。

この病院で、桜子と偶然の再会を果たしてからも、その思いは変わらなかった。

あのような、哀《かな》しい別れ方をしたから——桜子がもう、昔のことを吹っ切っていたと思ったから——。

「……もっと、激しく頭を振って！」

突然、武は思い出したように怒鳴った。

いつの間にか、限界がすぐそこまで近付いていたのだ。

桜子は、答える代わりに唾液をすすり上げ、懸命に奉仕を続けた。

上から見下ろすと、ムッチリした太股をモジモジとこすり合わせているのが分かる。股間の秘裂から、淫らな樹液があふれ出しているのだろう。

## 入院４日目

いつしか、武の腰は前後に動き、桜子の口内へ肉棒を突き立てていた。欲情の熱い塊が、今にも弾けそうになっていたのだ。

桜子は嫌がる素振りも見せず、怒張をノドまで咥えては、鼻からかすかにあえぎ声を漏らした。

「い……いいぞ、桜ァ……そうだあっ、溜まってるのを全部射精《だ》すからなぁ！」

「んっ……んーっ！」

彼女の悩ましいうめき声が、最後の一押しとなった。

「くっ……イ、イクぞっ！　全部飲み干してくれよ……くぅぅっ!!」

瞬間――快感の大波が、武の理性を呑み込んだ。

――ビュク！　ビュルルッ！

熱い塊の解き放たれる音が、脊椎《せきつい》を伝わって、彼の聴覚に届く。

下半身が、まるで別の生き物のように跳ね、桜子の唇の奥に粘っこい塊を注ぎ込む。

「ん……んっ！　んふ……ウグッ、くふ……」

桜子は鼻息を荒くして、武の獣欲を口いっぱいに受け止めていた。

息苦しさと恍惚感《こうこつかん》にゆがむ表情が、武にはたまらなく愛《いと》おしかった。

「くぅ～……何か、全部しぼり出した感じがするなぁ」

やがて、全てを吐き出して脱力した彼は、ようやく緊張から解放された肉棒を、桜子の唇から引き抜く。

「やっぱり、桜の口が一番だったなぁ……他の女の子じゃ、こうはイカン……」

気怠《けだる》い充実感にひたりながら、シミジミと呟く。

——股間に、生暖かい感触を覚えたのは、この時だった。

「ん？　……うわわわっ⁉　ナナナナニやってんだよ、桜ぁっ⁉」

思わず、声を張り上げる武。

彼の股間の真上で——桜子はなんと、わななく唇を開いて、今しがた吸い上げたばかりの白濁液を吐き出していたのだ。

「んっ……ぷぁ……ぺっ……」

彼女の唾液が混ざった粘液は、萎《な》えた肉棒のみならず、武のパジャマやベッドのシーツをベットリと濡らす。

「うわっ、全部ドロドロ……ナニ考えてんだ、お前!?　何で、いつもみたいに呑み込まねえんだよっ!?」

武の抗議に、桜子は怒りの表情を浮かべながら答えていわく、

「ハァ、ハァ、ハァ……誰も、呑んであげるなんて、言ってないわよ」

「……何じゃ、そりゃあ!?」

あっけに取られる武の目の前で、彼女は勢いよく立ち上がった。

「もう二度と、こんなコトしないからね！　こんなの、仲のいいコにやってもらえばいいじゃないっ！」

「な、何だよ、急に怒りだして……」

得体の知らないオーラに気圧《けお》されて、武の語調が弱くなる。

「もぉ！　アンタなんか、アンタなんかに……！」

桜子は何か言おうとするが——様々な感情が入り交じるのか、適当な単語が口から出てこない。

数秒後、彼女はそれを放棄して、武に背を向けた。

「……今夜は、そのイカ臭《くさ》いベッドで寝てればいいんだわっ!!」

「さ、桜っ!?」

そして、乱暴にドアを閉じて、病室を去っていくのだった。

「なっ……何だアイツは⁉」

後に残された武には、ワケが分からない。憤然と、桜子に悪態をついてみる。

「乳首までビンビンに勃起させて感じまくっといて、最後はコレかよ⁉　なんちゅー可愛くないオンナだ！」

しかし——ベッドを見た途端、その顔には早くも情けない表情が浮かぶ。

「……にしても、マジでオレ、このベッドで寝なきゃならんのかぁ……？」

病室には早くも、生臭い匂いが立ちこめ始めていた。

# 入院5日目

「やだ、髪の中までジャリジャリ～。いづみに付き合ったら、ヒドイ目に遭ったわ」

「ひぃーん！　さっちん、ゴメンねぇ～」

「仕方がないわよ。あんな倉庫、一人で整理なんてできないもの」

看護婦たちでにぎわう女子更衣室に、桜子、いづみ、楓の3人が戻ってきた。

3人とも、全身ホコリまみれである。いづみが行っていた倉庫整理を、桜子と楓が手伝ったからであった。

「それにしてもいづみ、アナタどうして、たったひとりであんな大きな倉庫の整理なんて引き受けたの？」

「だってぇ、葵先生にお願いされたら、引き受けないワケにいかないじゃな～い」

「物事には限度があるでしょーが！　アンタひとりでやってたら、今日一日で終わんなかったよ、きっと」

「ううっ……恩に着るね、さっちん」

「フッフッフ、たっぷり着せてやるから、覚悟しなさい」

不敵に笑いながら、桜子はロッカーを開け、替えの制服と下着を確認する。

「……ウン!?」

ふと、その動きが止まった。彼女は周囲を見回しながら、怪訝《けげん》そうに首をひねる。

「どうしたのよ、サクラ？」

「……変ねぇ。今、誰《だれ》かに見られてる感じがしたんだけど……」

「気のせいでしょ」

「そっかなぁ……ま、そーね。気のせい気のせい！」

「変なさっちん」

「アンタだって、充分ヘンでしょーがっ！」

桜子はいづみに、しかめ面を作って見せた。

「大体アンタは、葵先生の言いつけを断らなさすぎっ。尊敬できる先生だけど、時々無茶なコトを言い出すのは、ここの看護婦の間では常識よ？　もーちょっと、上手《うま》く逃げないと……」

「でもでもぉ～……もし断って、葵先生に嫌われちゃったらと思うと……やっぱ、断れないよぉ」

「……子供じゃないんだから」

「てゆーか……下手《へた》すりゃアンタ、レズだと思われるよ」

「ヒドイよ、さっち～ん！　私はただ、先生のコトをカッコよくて素敵だなーって尊敬してるだけなのにぃ！」

「はいはい、分かったから、いづみも着替えなさい」

楓はブラジャーをはずしながら、同僚をたしなめる。

しかし、いづみは反撃に出ないと、気が済まなかったようだ。

「さっちんこそ、あのヒトとはど〜なってるのよぉ？」

「あのヒト……？」

「元カレの中谷さんのコトっ」

「ブッ……きゃあっ⁉（ドスンッ）」

唐突に矛先を向けられて焦ったのか、桜子はナース服を脚に引っかけ、そのままバランスを崩して転んでしまった。

「イテテ……みっともないなぁ、もう」

赤面しながら立ち上がる彼女に、すかさずいづみのツッコミが入る。

「ホントは、ヨリを戻したいんじゃないのォ〜？」

「じょ、じょ、冗談はやめてよっ！」

桜子はそっぽを向いて否定した。

「あんな甲斐性《かいしょう》なしのエロ魔人……担当なんかじゃなかったら、顔も見たくないわ！」

その時、楓が少しオーバーにうなずく。

「ふぅ〜ん。担当じゃなかったら、ねえ……」

「なっ……なによ楓、その何か言いたげな顔は？」

「別に。ただ……」

既に着替え終わっていた彼女は、更衣室のドアを開けながら、何食わぬ顔でいづみ以上のツッコミを入れる。

「昔のサクラは中谷さんが好色なこと知ってて、それでも付き合ってたんじゃないかなって、想像しただけ」

「ウグッ……！」

「ま、別れた理由を、根ほり葉ほり聞くつもりもないけどね……じゃあ、先に行くわよ」

言葉に詰まった桜子を一瞥《いちべつ》し、楓はさっさと部屋を後にした。

残された桜子は、大変よくない目つきで、ドアをにらみつけるのだった。

「あ、あんニャロ……冷静な顔で、いらんツッコミしていきやがって……」

「さっちん、言葉遣いワルイよぉ……ところで、今の楓ちゃんの言葉、図星だったの？」

「うっさいわね！　ホラ、早くしないと、アタシも先に行っちゃうよ！」

「あ〜ん、待ってぇ〜！　私に八つ当たりしないでよ、さっちぃ〜ん！」


——数分後には、他の看護婦たちも去り、更衣室は一時的に無人となる。

その後、人の気配がしないことを見計らい——武は隠れていたロッカーを出て、部屋に姿を現した。

「いやぁ～……エエモン見せてもろたぁ～っ！」

そして、何故《なぜ》か関西なまりで感嘆する。

「予想通り、このロッカーがベストポジションだったな。一瞬、桜のヤツに感付かれそうになってドキッとしたけど……白衣の天使ちゃんたちのあられもない姿は、オレの網膜と脳ミソにしっかり焼きつけたぞ！」

更衣室の場所を特定し、〝借金取り逃れ〟で身に付いたピッキング技術を駆使して潜入し、狭いロッカーの中で身じろぎひとつせず堪え忍ぶ——まさに、ノゾキにかける執念とスケベ心でつかんだ勝利だった。ただひとつ、カメラのたぐいを用意できなかったことだけが、武にとっては心残りである。

「それにしても、看護婦さんたちは皆さん、イイ身体《からだ》をしてましたな～。特に、楓ちゃんのスラッと伸びた脚線美と、いづみちゃんの爆乳！　アレはレベルが高かった！」

更衣室に残る看護婦たちの甘い残り香を満喫しながら、武はシミジミと思い返す。

その過程で——やはり、桜子の裸体を無視するわけにはいかなかった。

「昨夜ヌイてもらった時も思ったけど……アイツ、イイ女になったなあ……」

再会するまでの数年間で、桜子がどれほど〝女〟として発育したかは、昨夜の〝パイズリ〟で、ある程度分かっていた。

だが、改めて全身の下着姿を眺めると、武はその肉付きの変化に、やはり驚かずにはいられなかったのだ。

確かに胸のサイズではいづみに負けていたものの、元々手足が華奢《きゃしゃ》で、バストやヒップが強調されやすい桜子のプロポーションは、モデル並に見映えのするものであった。

その桜子の全《すべ》てが、以前はただひとり、武のためだけのモノだったのに――。

「そうだな……オレ、あんなイイ女と、別れちゃったんだな……」

引き返せない時間を恨むかのように、武はポツリと呟《つぶや》いた。

「……ええい！　過ぎちまったコトは、しようがない！」

それでも彼は、あえて自らを奮い立たせるように叫び、用のなくなった更衣室から立ち去ろうと、ドアのノブに手をかけた。

「要はオレが、桜以上にイイ女を作ればいいだけのコト！　立ち止まってる時間など、この武サマにはないのだ！」

ガチャ――。

「いっけない！　制服の名札付け替えるの、すっかり忘れてたわ……あ」

「さ、桜……」

　――パタン。

　武はそのまま、静かにドアを閉めた。

　そして、自問してみる。

「オレ……今、誰も見なかったよな？」

　もちろん、そんなワケがなかった――。

（その後、彼がどうやって、命懸けで更衣室から脱出したのかは、読者諸氏のご想像にお任せする）


「ハァ、ハァ、ハァ……やっ、やっと捲《ま》いたかっ……⁉」

　身体のアチコチにアザを作った武が、ようやく病院の屋上に逃げ込んできたのは、１時間以上も後のことだった。

「まっ、まさか、オペ中の手術室に逃げ込んでも、メス振り回して追ってくるとは……なんちゅー不良ナースだっ……⁉」

　彼は必死に息を整えながら、周囲に視線を走らせる。

　元々は見晴らしのいい場所である屋上だが、今は視界がさえぎられていた。

数十枚ものベッド用シーツが、屋上に所狭しと並べて干されていたからだ。

純白のシーツが、緩やかな風を受けてはためく様は、なかなかに壮観である。

「シーツの海みたいだな……」

ちょっとした感銘を胸に受けつつも、注意深く辺りに目配せをする。

——桜子の姿は、ない。

「よかったぁ……先回りはされてないようだな……」

それを確認して初めて、武は一息つくことができた。

「それでも、アイツは動物的なカンで、オレの居場所を探り当てやがるからな。注意だけは怠らないようにしないと……」

言いながらも、ホッとした様子で腰を下ろす。

床のコンクリートは太陽の熱をいっぱい浴びて、ポカポカといい具合に温まっていた。

「うわあ……気持ちいいなぁ。座ってるだけで、眠くなってきそうだ……」

武は柔らかな風を顔に受け、心地よさそうな表情を浮かべる。

「あっ……ゴメンなさい。ちょっと痛かったかしら……？」

——不意に、どこからか声が聞こえてきた。

一瞬ビックリする武だったが、桜子の声でなかったことに気付き、再び身体の力を抜く。

「おどかすなよォ……それにしても、聞き覚えのある声のような気もするけど……」

彼の推測は、正しかった。

「ねぇ、真司クン……お姉さんのこと、好きぃ……？」

「……あ、楓ちゃんだ。真司クンってゆーと、この前ナースステーションの前でお漏らししてたガキかな……？」

楓の声は、意外に近くから聞こえた。屋上の西側に干されているシーツの向こうに、彼女のシルエットが浮かび上がっている。

「あの楓ちゃんが子供好きってのは……何か、イイな。それに引き替え、桜ときたら……ガキとまるっきり同じレベルでケンカとかするからなぁ。アイツがもう少しオトナにならにゃいかんと思うんだが……」

自分のことを棚に上げて、桜子に苦言を呈する武。

しかし——次の瞬間、彼の顔に不審そうな表情が浮かぶ。

「ついこの間まで坊やだと思ってたのに……もうすっかり男の子ねぇ……ココ♪」

(……ん？　ココって、ドコだ？)

「スゴイわぁ……こんなに勃起《ぼっき》させちゃって……可愛《かわい》いのがピクピクって……」

(にゃ、にゃにーっ!?　コ、ココって、ソコなのか？　アソコなのかぁっ!?)

武の顔が、驚愕《きょうがく》にゆがむ。

真司少年に話しかける楓の声には、媚《こ》びた響きが多分に含まれていた。

「じゃあ、お姉さん……イイコトしてあげるわね……」

(おいおいおいっ！　イ、イイコトって、あーんなコトとか、こーんなコトとかかぁ!?)

「……あん。だめよ、ちょっとだけ我慢して……ゆっくり皮を剥《む》いてあげるから……まぁ、こんなに臭《くさ》いカス溜《た》めちゃって……」

(………!!)

もう、武は微動だにしなかった。

全神経を目と耳に集中させ、シーツの向こうの影と声を、必死に拾おうと試みる。

「まだココ、オシッコするのにしか使ってないんでしょう？　……うふふ、いいのよ。お姉さんが、お口でキレイにしてあげるから、ね……？」

楓の言葉に続いて、粘着質な水音が、風に乗って武の耳に届いた。

(キ、キレイにって……チンカスを!?　ウヒーッ！)

チュプッ——チュプッ——単調なリズムで、何かをしゃぶる音が聞こえる。

「……くすぐったいの？　もうちょっと我慢してね。今、先っちょと皮の間に舌を入れて、キレイにしてあげるから……」

少年の小さな包皮をひろげて、恥垢《ちこう》を舌ですくい取る楓の姿——そのウットリした表情までが、武の頭の中で再構築されていった。

「……全部、剥けちゃったわね。うふふ……ねえ真司クン、お姉さんがコレ、オッパイでしごいてあげよっか？」

（パッ……パパパ、パイズリーッ⁉）

シーツの向こうで、楓のシルエットが悩ましくうごめく。胸をはだけて、真司少年のオチンチンにあてがっているのだろうか。

やがて、低い吐息が聞こえてくる。

「んっ……んんっ……ハァ、ハァ……ねえ、気持ちいい？　……そう。喜んでくれて、お姉さんも嬉《うれ》しいわ……」

（そ、そりゃ、気持ちいーだろーよ！）

思わず、武は少年に嫉妬《しっと》する。

しかし、続く楓の言葉を聞いたら、とても嫉妬ではすまされなくなった。

「……ねぇ、来て……お姉さん、真司クンをオトナにしてあげる……」

（……ちょっと待てーっ！　この流れで『オトナにしてあげる』なんつったら、意味なんてひとつしかねえじゃねーかっっ‼）

武はいつしか、無意識のうちに立ち上がっていた。すぐそばで繰り広げられている痴態を想像すると、腹が立ってしようがなかったのだろう。

もちろん、怒りの対象は楓ではない。

（かっ、かっ、楓ちゃんとイイコトするなんざ、お漏らしするようなガキには、早すぎるっ！　ゼイタクだっっ!!)
彼の怒りが天に届いたからなのか——不意に、突風が屋上を吹き抜けた。
シーツが激しくはためいて、そのうちの何枚かがめくれ上がる。
そして、武と楓の間をたった1枚隔てていたシーツも——。
(………っ!?)
一瞬、アゴがはずれたかと思った。
そこに武が見たものは、楓の後ろ姿だった。
真司少年の姿はない。そこにいたのは楓だけだった。
「はぁあッ!!　……は、入っちゃった……あンッ！」
——しかも、自らの秘所を、指でショーツ越しにこすっていた。
(な、何だぁ？　……まさか、ひとりエッチィ!?)
「スゴォイ……し、真司クンのオチンチンが、お姉さんの中で大きくなって……！」
恍惚《こうこつ》とした表情で呟く楓。
しかし、そこに真司少年はいない。
つまり——楓はそこに真司がいる〝つもり〟で、あえいでいるのだ。
「はンッ……見てぇ！　いっぱい、いっぱいオツユが出てくるのぉ……あぁあ……！」
楓の蜜《みつ》はショーツの薄布を濡らすだけでなく、太股《ふともも》にも伝って幾本もの筋を作った。

その様を武に見られていることに気付かぬまま、彼女は自らを慰める作業に没頭する。

「あっ、アフッ……真司クンのオシッコの匂《にお》いが……んくっ、どうしてぇ……響くっ！

お姉さんのアソコに響くのォ……奥まで、アアッ、気持ちイイ……！」

普段の彼女の唇からは決して漏れない、卑猥《ひわい》な言葉の羅列――それは、武の下半身にもダイレクトに響いてきた。

(ど、どーしてまた、こんな所でオナニーなんか……それより、楓ちゃんはショタコンだったのか……⁉)

いつしか、楓の指はショーツの股《また》を横にずらし、自分の媚肉《びにく》を直接こすり始めていた。

そこは既にヌルヌルになっているため、指は勝手に横へ滑り、秘裂の奥へと沈んでいく。

彼女の腰が、断続的に痙攣《けいれん》を起こす。絶頂に向けて、かなり高ぶってきているのは、端から見ても明らかだった。

「いやっ……真司クン、そこはっ……ダ、メェ！」

尻肉が紅潮し、愛液がさらにあふれる。

自らの内臓をえぐり出すような指遣いは、さらに淫《みだ》らに、激しくなっていく。

「ソコ、許してぇ……ああ、真司クン、真司クン……イヤッ、中に出したら！ ッアン！

で、でも、気持ちイイのぉ……！」

そして、腰の痙攣が全身に広がり、あえぎ声のトーンが一気に上がった、その時――。

（……マズイ！　ひょっとしたら、マズイかもっ！）

それまで、口をポカンと開け、股間《こかん》を膨らませた武が、いきなり我に返った。

（今までのパターンから考えると……桜が、オレを追ってここに来るのは、非っ常ぅ～にマズイ！）

そう結論づけると、彼は楓に気付かれぬよう、そっと出入口へ向かった。

もっとも——この瞬間の楓が、周囲の状況に気付くとは思えなかったが。

「あああっ、許してぇ！　あ、赤ちゃん……デキちゃう……あっ、あああぁ……イッちゃう、ダメェェェェェェェっ!!」

——それきり、屋上は静かになる。

楓の妄想の中で、真司少年は無事に、初めての精液を子宮に注ぎ込んだのだろう。

しかし、今の武に、その余韻を楽しむゆとりはない。

（急げ！　とにかく、屋上からできるだけ離れないと……！）

楓の昇り詰める瞬間を見られなかったのは残念だが、そうも言っていられない。彼は一心不乱に、階段を駆け下りた。

（いくらなんでも、楓ちゃんのひとりエッチが、桜たちに知られるのは可哀想《かわいそう》だ！）

武はどうにか１階ロビーにたどり着き、備え付けの長椅子《ながいす》に腰を下ろす。途端に。

「見つけたぁっ!!」

「……ホントに来やがった」

思わずウンザリしながら、武は桜子の仁王立ちする姿を見やった。

「なんで、オレのいる場所が分かるんだよ？」

「アンタの考えそうなコトなんてね、アタシにはぜーんぶお見通しなのよっ！」

桜子は、口をへの字にむすび、大きく胸を張った。

「さあ、覚悟しなさい、覗《のぞ》き魔め！　今から丁重に、ぶっ殺してアゲルからねぇ！」

「……他の患者の前で、そーゆう物騒な単語を口にすんな！」

「話を逸《そ》らすんじゃないわよ！」

「そーゆうコトじゃなくて！　……ああもう、面倒くせえ！」

「あっ……コラッ、待ちなさい！」

――そして再び、武は桜子から逃れるべく、病院中を走り回るハメになった。

（よかった……これで、楓ちゃんに恥をかかせずにすんだな……）

胸の内に、安堵《あんど》と感慨の思いを抱きながら。

（……だけど、あんなクールな彼女でも……やっぱり、溜まってんだなぁ）

「いっそ、オレが楓ちゃんをヌイてあげた方が……」

「アンタ！　どさくさに紛れて、ナニ口走ってんのよっ⁉」

「うわっ、つい口に出ちまった……って、うわっ⁉　消火器を振り回すな、馬鹿《ばか》桜‼」

# 入院6日目

「……会うたびに、顔の形が変わってません？」

「えっ？　そ、そっかなー？」

　午前中、廊下で楓にバッタリ出会った武は、ぎこちなくならないように注意しながら、会話を交わした。

　顔の形が変わっていたのは――無論、桜子の制裁を食らったからである。

「アイツ、他の患者や看護婦にも、無茶苦茶やってんだろうなー」

「……お世辞にも、おしとやかと言えないのは、確かですね」

　楓は相変わらず、クールな物腰だった。昨日、屋上であれほどの痴態を見せたのと同一人物とは、武にはとても思えない。

（よっぽど、溜《た》まりまくってたのかなー……ほとんど、二重人格だもんな、あれじゃ）

「じゃあ、私は仕事に戻りますので。あまり、サクラを困らせちゃダメですよ」

「はぁーい！　楓ちゃんの言うことなら、素直に聞きまーす！」

「クスッ。それじゃあ……」

　すれ違う楓に軽く手を振って、武はあてもなくブラつこうと歩き出した。

　その時――不意に、楓が背後から呼び止める。

「ああ、中谷さん、ちょっと……」

「ほへ？　何ですかぁ？」

「………見てたでしょ」

（ドキィッ！）

何食わぬ顔を作ろうとして、武の顔は微妙に引きつった。

「なななななんのハナシか、ボクにはサッパリ……」

「………見てたんでしょ、屋上で？」

（バッ……バレてたんですかぁぁっ⁉）

顔を真っ青にしながら、振り向く武。

しかし、その時には既に、楓は歩き出していた。

一瞬、青白いオーラが背中から出ているように見えたのは、武の目の錯覚だろう。

楓は、ビビる彼を振り向こうともせずに、一言。

「秘密を守るって……命を守るのと同じコトだと思いませんか？」

「ひっ！　……お、おー、おもいますっ、おもいますとも、はい……」

「クスッ……」

そのまま立ち去る楓。

残された武は、生きた心地がしなかった。

「し、四六時中怒りまくってる桜より、あーいう静かなトーンの方が恐ろしい……！」

と、その時。

「ふ～んふ～んふんふんふ、ふ～んふんふふ～ん♪」

奇妙なリズムの鼻歌が、すぐそばの病室から聞こえてきた。

「……あの声は、いづみちゃんだな？」

すかさず病室を覗《のぞ》いてみると——いづみが、鼻歌を歌いながらベッドを整えていた。

「んっしょ、んっしょ……っと」

(むぅっ……！)

その後ろ姿に、思わず目を見張る武。

動くたびに、プルンと小気味よく揺れる巨乳。

背中からウエストにかけての、流麗なボディライン。

たっぷりとしたプリーツのミニスカートに張りついた、美麗なヒップの盛り上がり。

悩ましい——いかにも美味《おい》しそうな肢体が、そこにはあった。

「……あっ！　んもう、どうしてキミは素直になれないかなぁ～……いい加減観念して、シワ無しのシーツになりなさぁ～い！」

いづみはシワを伸ばそうと、何度の前屈みのままでシーツに突っ伏し、
と、懸命に作業をこなしている。

「んっしょ、んっしょ……」

その体勢のままだと、どうなるか——。

（おおっ！　イイ眺めになってきた！）

ヒップを突き出した格好が続くため、丈の短いスカートは自然とまくれ上がり、形のいい太股《ふともも》が剥《む》き出しになるのだ。

もちろん――下着も丸見えである。

（………………）

白いショーツに包まれたヒップは、男を誘惑するかのようにキュッキュッと揺らめく。

そして、手を伸ばせばすぐに触われる位置に、ソレはある――。

「……い～づみちゃん♪」

「ひゃん！」

不意に上がったいづみの悲鳴を、武は間近で聞いていた。

何故《なぜ》なら、彼自身がいづみのスカートをめくり、ヒップを無造作に触って、悲鳴を上げさせたから。

「なっ……中谷さん！　ナニを……⁉」

驚くいづみに、武はシリアスな表情を作って語る。

「……いづみちゃんがいけないんだよ」

「ええっ⁉」

「だってさ、そーんな魅力的なお尻をプリプリ振って、オレを誘惑したんだからさぁ♪」

「ゆ、ゆーわくって、私そんな……あぁん！」

そして、いきなり表情を崩すと、戸惑ういづみを背後から抱きしめる。

——何のことはない。彼は自分の欲情を正当化しただけだった。内心では、

(第二の楓ちゃんを出しちゃいけない……いづみちゃんほどのカワイコちゃんが、妄想バリバリでひとりエッチするなんてコトは、あっちゃいけないいんだ！)

と、重ねて理論武装（？）していたりもする。

「ああっ！　やめっ、やめてください、ちょっと……んくぅ!?」

「まーまー。お兄サンに任しときなさいって。すぐに気持ちよーくしたげるからさ」

抗《あらが》おうとするいづみの全身を、ナース服越しに撫《な》で回す。

「くっ……こんなコトして、タダで済むと思ってるんですか!?」

「またまたそんな、心にもないコト言っちゃってぇ」

「ち、違います！　それに、こんなトコ、さっちんに見られたら……！」

「見られたら？」

武は反問しながら、いづみのつややかな尻肉を、両手で鷲掴《わしづか》みにした。

「キャウン!?」

途端に、彼女の全身に電流が走った。

すかさず、武がたしなめる。

「シーッ！　ダメだよ、静かにしなきゃ。誰《だれ》かが来たら、どーすんだよ」

「ご、ごめんなさぃ……あっ⁉」

思わずいづみが謝った瞬間に、武は彼女の尻を激しく揉《も》みしだき始めた。

「やっ、やめて……んあっ！　くぁぁ……」

「どう？　こんなの、初めてかい？」

「アア……んっ、くふぅ……ッつあ……」

四《よ》つん這《ば》いの体勢での愛撫《あいぶ》に、いづみの顔は羞恥《しゅうち》で火照り出す。

（ふっふっふ……思った通り、いづみちゃんは強引な押しに弱いな）

武は、自らの読みの正しさに、満足の笑みを漏らした。

（しかもこのコ……反応がイイ！）

「はっ、ああっ！　……んっくく、はぁぁぁ……あン！」

あえぎ声を、抑えようにも抑えられない。

背筋を指でなぞられると、吐息が熱くなっていく。

太股の内側を軽く触れられただけで、身体《からだ》が一瞬ビクッと反応する。だが、拒絶はしない――あるいは、できないのか。

いづみ自身が気付いているかどうかは分からないが、その身体はいじればいじるほど、どんどん敏感になっているようだ。

「いづみちゃんのお尻、熱くなってるね……ヤケドしそうだよ？」

武は、肌にみっちりと食い込むショーツのゴムに手をかけ、ゆっくりずらしていった。

「ハァ……ハァ……お願い、もう許し……んんっ」

いくら口で拒絶しようとしても、いづみの身体は意に反して、彼のなすがままになってしまう。

ショーツを半分だけずらした状態で観察すると、股《また》の部分はすっかり湿っていた。間違いなく、中の媚肉《びにく》はすっかり潤みきっていることだろう。

「……許すって、何を？」

武はニヤリと笑うと、右手を無遠慮にいづみの太股の間に潜り込ませ、付け根の媚肉をショーツ越しに撫で回した。

「ここをいじるコト？　それとも、ここをこーんな風に掻《か》き回すこと？」

「ヤッ！　ああっ！　ダメ、そんな……いやぁぁン!!」

いづみの声のトーンが、格段に上がる。彼女が腰をガクガクと震わせると、秘裂からは熱い蜜《みつ》があふれ出した。

「あーあ、すごい汁の量だね。パンツがベトベトに汚れちゃったよ」

「ふぅン……ひどいですぅ……」

恥ずかしさのあまり、鼻声で半ベソをかくいづみ。しかし、

「でも、もう辛抱してられないんじゃない？」

と武に水を向けられると——顔を真っ赤にしながらも、弱々しくうなずいた。

（よし……これで、いづみちゃんはオチた！）

確信した武は、ショーツの中に手を突っ込み、指を肉芽にあてがう。

「素直ないいコだ……それじゃあ、ここはど～なってんのかなぁ？」

そして、爪《つめ》を立て、ごく軽く引っ掻いてやった。

「えっ？　あ、そこはダメっ……んくあああっ！　痛ぁいっ！」

予想外の痛みに、いづみは上半身をベッドに突っ伏して叫んだ。

もちろん構わず、武は肉芽を親指と人差し指でこすり上げたり、ときおり指先で弾《はじ》いたりと、さまざまな、そして強めの刺激を加える。

いづみはそのたびに、身をよじらせて悲鳴を上げた。

（わざと強くしてはいるけど……ちょっと、強すぎるかなぁ？）

武は彼女の痛がりように、ふと指の力を弱めようとする。しかし。

「ハァ、ハァ、ハァ……そ、そんなに痛くしたら……力が抜けちゃうぅ……」

（………！）

苦悶《くもん》の表情を見せていたはずのいづみが、いつしかウットリと目を閉じていた。

その手はシーツを握りしめ、突っ張った両脚は細かい痙攣《けいれん》を繰り返す。

武の目論見は当たった。彼女はやはり、少し乱暴にされる方が興奮する性癖の持ち主だったのだ。

（ちゃんと育てたら、立派なマゾ奴隷になるんだろうなぁ）

などと考えながら、武はいづみの耳元でささやく。

「いづみちゃんって……本当はとってもイヤラしい子なんだね？」

「そっ……そんなコト、ありません……！」

「でも、いづみちゃんのここ、いやらしいオツユがどんどんあふれてきてる。お口と違って、とっても正直だよ？」

「…………ッ」

愛液をすくった指を眼前にちらつかせてやると、いづみは驚いて顔を背けた。自分がそれほどまでに感じていたことに、今まで気付いていなかったに違いない。

武は再び、濡れそぼった秘所に指をあてがう。

「いづみちゃんがもっと正直になれば、うーんと気持ち良くしてあげられるよ？　ねえ、ここに欲しくないのかな？」

「あンッ……」

「あと、コッチにとか……」

「……えっ？」

次いで、指を秘所から後ろに滑らせ、ひっそりと肉の谷間にたたずむ菊座に触れた。

すぼまった入口の周囲を、指先で円を描くようになぞってやると、ぽってりしたいづみの唇から、悩ましい吐息が——漏れなかった！

「……ひやあぁあん！　ソ！　ソコ、ダメぇぇぇぇぇぇぇぇぇっ!!」


未《いま》だに、耳鳴りがする。

脳みそが揺れてる感じもする。

「ヒ、ヒドイ目に遭った……まさか、いづみちゃんがお尻の穴に、ああも拒絶反応を示すとは……しかし、至近距離で聞くいづみちゃんの悲鳴は、ほとんど超音波だな……」

——武は、辛うじて鼓膜の破れなかった耳を押さえながら、フラフラと廊下をさまよっていた。

いつものように、桜子の追跡を逃れるためだ。

「とにかく、いづみちゃんには平謝りに謝って、桜が〝ガサ入れ〟に来る前に逃げてきたのはいいけど……アイツ、しつっこいからなぁ」

気分はすっかり、鬼婦警から逃げる犯罪者である。

「少なくとも、ダメージが抜ける前に桜に見つかったら、確実に病院送りにされちまうからなぁ……」

――もちろん、彼がいる場所は《平沢総合病院》です。念のため。

「とにかく、できるだけヤツが寄りつかなさそうな所に行かなきゃ」

武は意識して、自分が今までウロついたことのない方向へ歩を進める。

その果てにたどり着いた突き当たりは――見るからに高級そうな、両開きの扉。

「ナニナニ？『医院長室』……なるほど。いかにも、成金趣味なドアだな」

失礼なコトを呟《つぶや》くと、彼は扉に耳を当て、室内の様子を探ってみた。

「こーゆー所に、看護婦はしょっちゅう来ないだろ。もし無人だったら、桜から身を隠すには打ってつけの場所だな……」

すると――。

「違う、違う。そうじゃないわ」

女性の声が、中から聞こえてきた。武の思惑は、あっさりはずれたコトになる。

しかし――武の表情に、落胆の色は見られなかった。理由は単純。

「……この声、葵さんだよな？」

他の声は聞こえてこない。ただ、葵だけがキビキビした口調でしゃべっている。どうやら、どこかに電話をかけているらしい。

（ってコトは……この部屋には、葵さんひとり？　だとすれば……入らねばなるまい！）

妙な使命感を抱くと、武はそっと扉を押し開けた。

彼の予想通り、室内には葵の姿しかなかった。彼女は巨大な机に置かれた電話の受話器を取り、立ったまま話をしている。

「えーっと……確か、横の引き出しに入れたと思うから、その中を見て」

彼女はどうやら内線電話で、院内の誰かに指示を出しているらしい。

「そう！　そこにあるでしょう。その書類の指示に従ってちょうだい……アラ？」

ふと、葵の視線が、入口付近を一瞥《いちべつ》する。武が入ってきたことに気付いたようだ。

それでも彼女は、武を追い払おうともせず、そのまま電話をかけ続ける。

その時――武は不意に、ある可能性に思い至った。

（待てよ？　ここでいろいろ指示してるってコトは……ひょっとして、この病院の医院長さんって、葵さん!?）

「んーっと、そうねぇ……それじゃ、その件については……」

（もし、そーだとすると……葵さんに上手《うま》く取り入れられたら、しばらくこの病院にいられるってコトにならないか？）

「……あー、そうじゃないわ。んー、しようがないわね……じゃあ、後で誰かに、印鑑を持っていかせるから……」

（となると、どーにかして葵さんに気に入ってもらわないと……いや、葵さんにオレの言うことを聞かせるってのもアリだよな……）

葵が仕事をしている横で、武は頭の中で悪魔の方程式を展開していく。

やがて——方程式の答えが見つかった。

「ムフフ……♪」

武は静かに葵の背後へ回ると、ユサユサと左右に揺れ動くヒップへ狙《ねら》いを定め——両手で鷲掴みにする。

「せーの……ムニッとな♪」

「……ッ⁉」

葵はすかさず振り返り、〝やったわね〟と言わんばかりに武をにらみつけた。

「え？　……ああ、違うわよ。別に何でもないから、気にしないで。それじゃ、その備品はねえ……」

しかし、電話は続ける。この程度のセクハラで動じないのは、さすがと言うべきか。

もちろん、武に〝この程度〟で済ませるつもりは、サラサラない。

彼は葵の胸の位置を確認すると、白衣から覗くボンデージ・ブラの表面を、背後から掌《てのひら》全体を使って撫でた。

「あぁ……ンッ！」

葵が一瞬、反応する。しかし、抵抗はない。

武は続けて、両手を彼女の太股に伸ばし、指先でなぞったり突っついてみたりした。

葵の豊満な肢体は、そのたびにピクッ、ピクッと反応する。

〝え？　なんですか、葵先生？〟

受話器の耳の部分から、事務員とおぼしき中年男の声が聞こえてくる。

それでも葵は、平静を装った。

「な、なんでもないわ。続けてちょうだい」

その平静を、武は積極的に崩しにかかった。

耳元で、ヒソヒソと話しかけたのだ。

（へへへ……すぐに、イイ顔にしてあげますよ）

「そ……そんな……」

そして、胸元に手を突っ込み、豊かな膨らみをゆっくり揉みしだき、乳首も一緒にこねくり回してやった。

彼の掌の中で、葵の乳首はゆっくりと隆起を始めた。自然と、彼女の息も弾《はず》んでくる。

（もうこんなに充血して膨らんで……葵さんは、乳首をイジられるのが好きなんですね？）

「そ、そんな……んんっ……ち、違うわ……アッ……」

悩ましい声で否定する葵。しかし、その声は受話器の向こうにも届いてしまう。

〝え、違う……？　今のでは、問題があるのですか？〟

彼女はどうにか息を整えて、返事をした。

「あ、いえ。今の備品はそれでいいワ」

〝ハイ。では、そう処理します〟

その様子を見て、武はいよいよ調子に乗ってきた。乳房や尻肉をまさぐりながら、執拗《しつよう》に言葉責めを繰り返す。

(もう乳首がコリッコリになってるじゃないですか？　さては、お尻いじられて、感じてましたね？)

「……はぁ、アァッ……」

(乳輪もプックリ膨れちゃって……ますますイヤラしい形になってきますよ？)

「あ、ああ……ンッ……くぅうん！」

葵はたまらず、熱い吐息を吐くと同時に、受話器を〝待機〟状態にした。

(おいおい！　それじゃ、向こうに声が届かなくて、つまらないじゃないかぁ！)

一瞬、不満そうな表情を見せる武。

しかし、その顔にはすぐに、ニンマリと笑みを浮かべた。

葵が、肩で息をしながら、彼にゆっくり尻を突き出したのだ。彼女が望んでいることは、あまりにも明白だった。

「……いいですけど、ちゃんと電話してくださいよ。早く出ないと、向こうが怪しむんじゃないですか？」

「あ……」

ややや芝居がかった武の言葉に反応して、葵はそばにあった子機の〝待機〟ボタンを押して、〝待ち〟の状態を解除する。

そのタイミングを見計らって、武は彼女の美しい尻肉を鷲掴みにした。

「……ひあっ！」

〝えっ？　……もしもし？　どうなされましたか、葵先生⁉　大丈夫ですか⁉〟

予想外の第一声に、電話の向こうの事務員が慌てている。

「だ、大丈夫よ……ちょっと、椅子《いす》につまずいただけだから……」

どうにか言い逃れて、葵は仕事の話を再開させた。

一方で、尻を愛撫する武の手は止まらない。

彼は様々な方向にヒップをこねくり回すが、葵の尻肉は驚くほどの弾力をもって、元の形に戻ろうとした。

そこで今度は、尻肉を正面から強く掴んで、指の間からはみ出させてみる。やはり、その柔らかい塊は、すぐさま元の形に戻る。

——そんなことを繰り返していると、葵がいつの間にか沈黙していた。

「はぁ、はぁ、はぁ……」

目を閉じたまま、ジッと子機を握りしめ、舌なめずりで乾いた唇を濡らしている。彼女の全身から、次第に淫靡《いんび》な雰囲気が滲《にじ》み出してきた。

それを見て取った武は、自分の欲情のおもむくままに、露出度の高い服から乳房を引っ張り出した。

その尖端《せんたん》に掌をかざしただけで、葵の呼吸は荒くなり、会話が難しくなる。事務員の説明も、ほとんど聞いていないようだ。

「くっ……はぁっ……はぁーっ……あぁぁっ……」

〝葵先生？　今後の備品購入計画については、先程述べた要項でよろしいでしょうか？〟

「はぁ、はぁ、はぁ……」

（……これからどうします？　もっとケツやおっぱいを揉みまくりますか？　それとも、もう少しソフトなのがお望みですか……？）

「は、ンッ……そ、そうね……今のでいいわ。そうしてちょうだい」

〝分かりました〟

こちらに対しての葵の返事を、事務員が誤解して了承する——その奇妙な展開に、武は苦笑を禁じ得なかった。

「……それならお望み通り、ハードにいきますよぉ！」

ささやきではない、はっきり声に出しての宣言。

その後、彼は葵の右乳首を指先でつまんで激しく引っ張り回し、左乳房には指を埋め込ませた状態で底からえぐり上げた。

「キアッ……！　や、やめて、そんなにキツ……く、ぅん！　ヘンになっちゃうぅ！」

あまりに激しい愛撫に、葵は身をよじらせて悶《もだ》える。

〝あ、葵先生？　そこに誰かおられるんですか？　今、話し声がしましたけど……〟

「い、いえっ、誰もいないわよ……テ、テレビか何かの音じゃない……？」

〝はぁ、そうですかぁ……〟

事務員の言葉の響きが、怪訝《けげん》そうなものに変わってきていた。

「……そろそろ、電話の向こうでも何か感付いたかも知れませんね」

そう話しかける間も、武は葵の乳肉をこね回し、ブルブルと振動を与えてやる。

「ひぁあああっ！　だ、だめぇ！　そんなにしちゃ……オッパイが熱いのっ！　こ、このままじゃあ……溶けちゃ……ッあひぃっン!!」

葵は子機を握りしめ、なお激しくなる乳房への凌辱《りょうじょく》に必死で耐える。その羞恥と悦楽にゆがむ美貌《びぼう》は、武の獣欲を否応なく刺激し、行動をいよいよ大胆にしていった。

「オッパイだけ溶けても、物足りないでしょ……今から、全身トロトロに溶かしてあげますよ！」

武は、ラバー地のミニスカートをヒザまで下ろし、太股の内側に手を伸ばした。

——既に、湿っている。葵の蜜壺《みつつぼ》から湧き出た愛液が、太股をシットリと濡らしていたのだ。

黒いTバックのショーツもベトベトになっている。もはや、淫らにうごめく美尻を飾る、アクセサリーに過ぎなかった。

「なんだ、もうこんなになってんの？　葵さんって、電話しながらでも、こんなにスケベな汁を垂らせるヒトなんですねぇ」

「だ、だってそれは……中谷クンが……あ、あああっ⁉」

葵の抗弁を最後まで聞かず、武は太股の間に自らの手を挟ませ、前後に動かしてこすりつける。

その手が愛液にまみれるにつれて、葵のあえぎ声のトーンが高くなっていった。

「ぁあああああっ……どうしてぇ⁉　太股なのに……オ○○コにビンビンくるぅっ！」

太股の摩擦感《まさつかん》が、ダイレクトに秘所まで響く——彼女の身体は既に、そこまで敏感になっていたのだ。

ピクッピクッと太股が痙攣を起こし、尻が何かを求めて卑猥《ひわい》に動く。

彼女の放つ牝《めす》の匂《にお》いは、濃厚に医院長室を満たし始めていた。

「オレを誘惑する気ですか？」

武は苦笑いを作って言った。

「オレの手を締めつける太股の力といい、お尻のイヤラしいくねらせ方といい……そんなに、誘わないでくださいよぉ」

「いやぁん！　キミから誘っておいてぇ……ジンジンするのっ、身体中が性器みたいに感じちゃうのォッ!!」

葵は、舌を突き出して哀願する。

その様子を確認すると、武は態度を尊大なものに切り替えた。

「……だったら、もっと大きな声でおねだりして下さいよ！　受話器の向こう側にまで聞こえるように、イヤラしくね！」

「き、きこえるように……そんな……」

「言えないんですか？　だったら、終わりにするだけですけどね」

「……ッ!?」

驚いた葵は、切羽詰まった表情で訴える。

「……や……で……」

「えっ？」

「……いのを、ブ……んで……」

——何故か、口ごもっている。まるで、最後に残った羞恥心が、彼女の声を無理矢理抑え込んでいるかのように。

はやる気持ちを抑えつつ、武はしかめ面を作って一言。

「聞こえないぜ～？」

それが、最後のダメ押しだった。

「……やめないでっ！　キミの太いのを、ブチ込んでぇ～っ‼」

間を置かず、葵は羞恥心をかなぐり捨てて絶叫した。

武もすかさず、彼女の秘所を最後まで隠していたショーツを剥《は》ぎ取り、声を張り上げる。

「それじゃ、もっとケツを上げて！　……ようし、いいコだ……」

そして、高々と突き出された美尻を両手で掴み――中央でうごめく秘裂を、肉棒で一気に貫いた。

「じゃあ、たっぷり味わいなっ！」

「……くひぅッ……！」

既に愛液まみれとなっている葵の秘裂は、決して小さくない武の怒張を、すんなりと受け入れる。

「あっ……あああああっ！　太いわぁっ！　アタシのオ〇〇コの中で、ドクンドクンいってるぅ‼」

感極まったよがり声が、部屋いっぱいに響き渡る。その淫らな調べを聞きながら、武はおもむろに腰を動かし始めた。

葵の秘裂の締めつけは、並ではなかった。武を貪欲《どんよく》に咥《くわ》え込み、決して離そうとしない。それどころか、さらに子宮の奥へ引きずり込み、根元から引きちぎろうとしているかのような吸引力まである。

「あ、くぅぅっ！　スゴッ……スゴイわっ、カリ首の引っかかりが、たまらないのぉン！」

彼女は机に片手をつき、好き放題に腰を振り倒す。

それにつられて、武の腰も上下左右に振り回された。

（イ、イカン……そもそもの目的を考えたら、このまま主導権を握られるワケにはいかんぞっ！）

軽く焦った彼は、手を葵の股間に動かし、プックリと勃起《ぼっき》した肉芽をねじるように引っ張った。

「そ、それっ……クリ、たまんない……ンンンアッ！」

途端に、葵は華奢《きゃしゃ》な裸身を激しく震わせた。肉芽への刺激で、軽く絶頂を迎えたのだ。

だが、昇り詰めた余韻でグッタリとなったのは、ほんの一瞬だった。引き続き武が肉棒を突き立てると、すぐさま悶え始めた。

「……ハァ、ハァ……硬いわぁ……そ、その硬いので、もっと奥まで突っ込んでぇ！」

「いっ……言われなくても、たっぷり掻き回してやりますよ！」

額に汗をにじませながら、武はさらに肉棒を突き立てる勢いを強めた。

葵の肉芽を指の腹でこすると、ドクンドクンと、強い脈動が指先から伝わってくる。

再び乳房を鷲掴みにすると、つい先程までと比べて、明らかに大きさや張りが違う。

葵の肉体は明らかに、全身で快感をむさぼるための変化を遂げていた。

「あハァン！　素敵ぃっ……やっぱり若い子はいいわァ!!」

自ら乳房を揉みしだき、美しい長髪を振り乱して叫ぶ葵。

「こんなにっ、こんなにカタイのが、オ◯◯コの中イッパイに膨らんでるのォッ！」

彼女の秘裂から激しく出入りする肉棒は、泡立った愛液で白く汚れていた。

「あっ、もっとっ、もっと激しく突いてっ……！」

言われるまでもなく、武は彼女の身体を抱え込み、肉棒をえぐり込むようにして子宮の最奥へ叩《たた》きつけた。

「あひぃいいいっ！　スゴイッ、それスゴイの……ハァアアアッ!!」

豪奢《ごうしゃ》な絨毯《じゅうたん》の上に、白濁した葵の樹液がしたたり落ちる。

快感に、ヒザがガクガクと震えだしている。

「もっとぉ！　もっとグチョグチョに掻き回してぇっ!!」

さらに甲高いよがり声を上げる葵に――武はふと、耳元でささやいた。

「……いいんですか、そんなにスケベな声を出して？　受話器の向こうで、相手のヒトは絶句してるんじゃないですか？」

「えっ……？」

葵は、一瞬だけ我に返り、驚いたような表情を見せる。

すると、緊張によってか、彼女の蜜壺はいっそう力強く、武の肉棒をキュンと締め上げた。

「ぐぅぅっ……スゲェ！」

自然と、武の口から快楽のうめき声が漏れた。

その低い声に触発され、葵の表情は再び肉欲に染まる。

「ひあッ……ま、またおっきくなって……！」

彼女が尻肉を淫らにくねらせると、秘裂と子宮を結ぶ肉の筒が、細かくうごめきながら武の怒張に絡みつく。

その卑猥な動きは、武の下半身を官能と征服感で徐々に浸していった。

「こすれてるっ……オ○○コがズボズボって、気持ちイイのぉ～っ!!」

牝の涎《よだれ》が、口の端から机の上にこぼれ落ちる。

牝の嬌声《きょうせい》が、武の鼓膜と射精衝動を震わせる。

——本当は、もう少し耐えたかった。

目的を考えると、あと3回、4回と、葵をイカせておきたかった。

しかし、若い武の〝持続力〟には、どうしても限界があった——。

入院6日目

「う、ううう……」

抑えていた下腹部の高ぶりは、前触れもなく一気に沸点を突破する。

甘美な戦慄《せんりつ》が背筋を駆け抜けた瞬間、武はおのれの限界を悟った。

「あ、葵さん……も、もう……もうオレっ……！」

「いいのぉ！　い、いつでも来てぇ！」

彼のうわずった叫びに、葵は後ろを振り向いて反応した。

「このままブチまけてっ……思い切り、ぜんぶ胎内《なか》に出してぇン!!」

しかし、武はもう、言葉を返せない。

葵の腰をしっかりと掴み、最後の瞬間に向け、猛然と腰を突き動かすのみ。

「ハァ、ハァ……クッ！　ウウッ……」

「ひぃいっ！　スゴイ、まだおっきくなるっ……アハァァアッ……！」

「……んっ、ぐ……んあああああっ!!」

「ああああっ……オチンチンが、オチンチンがビクンビクンいってるぅぅぅっ……!」

「……ッア!」


——ビャッ!!

ビュクッ!　ビュルルルルル——!


「……来るぅ!　熱いのがドクドク……あふれちゃうぅっ!!」

葵が上体を仰《の》け反《ぞ》らせ、反動で肉棒を一段深く呑《の》み込む。

食い込むようにして結合した武の怒張は、欲情の塊を葵の媚肉の中に叩きつけた。

白濁液は、武自身も驚くほど長く、いつまでも怒張から放出された。そのため、子宮の中だけでは収まりきれず、結合部分の隙間《すきま》からも勢いよくこぼれ落ちた。

——官能の大波が、ようやく武の身体の中から去る。

その時点でもまだ、葵は彼に貫かれたまま、机の上に突っ伏し、放心状態で荒い呼吸を繰り返していた。

「ふぅ……気持ちよかったのはいいけど……それにしても、勢いにまかせてメチャクチャにヤッちゃったなぁ。あとで葵さんに、こっぴどく怒られそうだ」

ため息混じりに呟く武。

「となると……やっぱり、今の艶姿《あですがた》を写真に収めて、口封じか……でも、待てよ？　ひょっとして、今の様子って、内線電話でバレバレになってるのかな……」

「んふふふ……大丈夫よン♪」

「へっ⁉」

突然の声に、彼の声が思わず裏返ってしまう。

「さっき子機にしがみついた時、ちゃあんと内線切ったからね」

葵がいつの間にか、顔だけ向けて艶然《えんぜん》と笑っていたのだ。

「え？　アレ？　葵さん、失神してたんじゃあ……？」

「1回や2回イッただけで、失神なんかするワケないでしょ、もったいなぁ〜い♪」

「は、はぁ……」

武があっけに取られる間に、葵は身体を起こし、再び武の身体に絡みついてきた。

「それより、まさか1発だけで終わりなんて言わないでしょうねぇ〜？」

「へっ？　い、今すぐですか⁉」

「1発きりなんて言ったら、この病院にいられなくしてやるんだからぁ！」

「……そ、それって、医院長命令ッスか⁉」

いきなりの物騒な言葉に、武は一瞬息を呑む。

ところが、葵の答えは意外なものだった。

「アタシが？　……んふふふ、馬鹿《ばか》ねぇ。アタシは医院長なんかじゃないわよ」

「……そーなんスかぁ⁉　じゃ、じゃあ、どーしてここで仕事の電話なんか……⁉」

「……理由を知りたい？」

「もちろん！」

「だったら、原作のゲームをプレイしてちょうだい。すぐに分かるわよン♪」

「そ、そんなムチャクチャな！」

「どーでもいいじゃない、そんなコト！　……ああ、物足りないわぁ！　まだ、身体の芯《しん》がジンジン疼《うず》いてるの！」

葵は身悶えしながら、自らの愛液にまみれた武の肉棒を、柔らかく握りしめる。

「ハウッ！　……ちょ、ちょっと！」

「もっとちょうだい！　キミの逞《たくま》しいモノを、もっとブチ込んで！　……ホラ、もうこんなカッチカチになってる！」

「えっ……ウソォオオオオッ⁉」

——武は、葵のフィンガーテクニックを甘く見ていた。

大量に精を吐き出し、いったんは力なくしぼんだイチモツが、まさか数秒間さすられただけでギンギンにそそり立つとは、想像していなかったのだ。

そして、彼はなお、甘く見ている——葵の底なしの性欲を。

「んふふふふ……覚悟なさい、一滴残らず搾り取ってあげるわよぉおおおっ!!」

「ひ、ひえっ……そんな！　いきなり咥えるのはヤメテェエエエエエエエエ〜ッ!!」


「ア、アカン……もう、粉も出ないぞ………」

——この夜、武はベッドの中で朽ち果てていた。

「結局、何回発射したんだ……？　ま、まあ、あれだけヤレば、言うこと聞かせるのが無理でも、ご機嫌取りはできたと思うんだが……」

すっかりやつれ果ててしまったその顔に、ヘラヘラした笑みが浮かぶ。

「でも……確かに、気持ちえがったぁ……葵さんとのエッチ……」

葵の名器と技巧は、武の欲情を満足させるのに充分すぎるほどの代物だった。彼女の中に射精した瞬間の快感を思い出すと、それだけで口元が緩む。

「そもそもエッチなんて、桜と最後にヤッてからは、とんとご無沙汰《ぶさた》だったし……」

——ふと、武の顔が、つらそうにゆがんだ。

「……いや、1回だけヤッたな。桜と葵さんの間に……」

ポツリと呟くと、彼は頭から布団をかぶった。

「……今さら、そんなことを思い出してもしようがねえ！　時計の針は、逆には回らないんだ」

目を閉じると、アッという間に睡魔が襲いかかってくる。

普段ならともかく、葵に〝搾り尽くされた〟この日は、とても睡魔に太刀打ちできない。

武は急速に、眠りに落ちていく。

「……手術室《オペ》の準備はできたか!?」

――不意に、若い男の声が廊下に響き渡った。

次いで、バタバタとした足音と、患者などを乗せて運ぶストレッチャーの車輪の音。

（……急患でも出たのかぁ？）

薄れゆく意識の中で、武は矢継ぎ早に交わされる会話を聞く。

「患者の意識は!?」

「混濁したままです！」

「脈拍は!?」

「速すぎます！　かなり危険な状態です！」

「マズイな……鈴奈先生の応援を頼むか」

「えっ、鈴奈先生ですか!?　しかし……」

「大丈夫だ！　夜中だから、先生も寝ぼけておられないだろう！」

どうやら、医師と看護婦たちのやりとりらしい。

緊迫した会話はしかし、沈没寸前の武にとってはどうでもいいコトだった。

(医者の仕事も、大変だぁね……ふぁ～あ……)

「それじゃ、真堂《しんどう》くん！　鈴奈先生を呼びに行ってくれ！」

再び、医師の声。

しかし――返事がなかなか、聞こえてこない。

「……どうした、真堂くん！　僕の指示が聞こえないのか⁉」

「あ……あの……すみませんでした……」

ようやく聞こえてきたのは、看護婦らしき女性の、消え入りそうな声だった。

「アタシが……アタシが、患者さんに投与する薬の量を間違えたばっかりに……」

(……ん？　聞き覚えのある声だな……それに、〝真堂〟って言ったら……)

ボンヤリと考えた武の耳に、看護婦をたしなめる医師の声が届く。

「落ち込んでいる場合じゃないだろう！　もとはといえば、僕が君に間違った指示を出してしまったせいだ。君が反省する必要はない」

「で、でも、アタシがもっと注意してれば……指示された投与量がオカシイことに気付けたはずなのに……」

「今は、そんな話をしている場合じゃないぞ！」

「……わ、悪いのは、アタシなんです……」

「……真堂桜子!!」

突然の一喝。

数秒間、物音ひとつしない。他の看護婦も、驚いて足を止めたようだ。

「君がかぶっている、それは何だ!?」

「ハ、ハイッ……ナースキャップ、です……」

「そのナースキャップが、プロの看護婦の証《あかし》だってコトは、分かるな!?」

「はい……」

「……だったら君も、看護婦のプロフェッショナルらしく、与えられた職務と責任を果たせ!! そんな所でオロオロしていたって、患者さんは助からんぞ!」

「……はい……申し訳……ありませんでした……」

看護婦の涙声に、武も興味を引かれる。

しかし——強烈な睡魔が、好奇心を圧倒した。

(やっぱ、そうだ……〝真堂〟って、桜の名字だったな……長いこと会ってなかったから、フルネームを忘れてた……)

廊下がなおも騒然とする中、武はとても健やかな寝息を立て始めた——。

# 入院7日目

「……さん……」

「Ｚｚｚｚ……う～ん」

「中……、起き……い……」

「ウ～ン……拳《グー》で殴るのは反則だろ、桜ぁ……」

「……中谷さん！　起きてください！」

「言われなくても、テンカウント以内に……って、アレ？」

――目が覚めると、そこにいたのは担当の桜子ではなかった。

「おはようございます」

「お、おはよ……アレェ？」

意外な人物の姿に、武は慌てて上体を起こす。

目の前には、何故《なぜ》か楓が、朝食の乗ったトレイを持って立っていた。

「一体、どういう風の吹き回しで……」

「サクラじゃなくて、ご不満ですか？」

「と、とんでもない！　桜のヤツ、サボリでもかましてんのかなーって思ってさ、ナハハハハ……」

「まあ、色々ありまして……今日は私といづみが、午前と午後で交代して、中谷さんの担当を務めさせていただきます」

説明しながら、楓は朝食の準備に取りかかる。

「そりゃ、嬉《うれ》しーなー……メシにしても、楓ちゃんが持ってきてくれたってだけで、何かスゴく美味《うま》そうに感じちゃうよ」

「誰《だれ》が持ってきても、味は変わりません」

「気分の問題だよ、気分♪　まあ、楓ちゃんの手料理はもっと美味いんだろーけどね」

武は調子のいい言葉を並べ立てたが——いまいち、楓の反応がよくない。

「……そんなコト、ないです」

「まーたまたぁ、謙遜《けんそん》しちゃってぇ」

「だって私……市販のルーを使って、不味《まず》いカレーライスが作れるんですよ？」

「ウッ……」

確かに、市販のカレールーを不味く調理するのは、並大抵の料理の腕前（の無さ）ではできない。楓が浮かぬ顔をするワケである。

「え、えーと……料理が苦手でも、プロの看護婦さんとして優秀だったら、それでいいんじゃないかな」

「はぁ……（ジトーッ）」

「……とにかく、いただきまーす！　ガツガツガツ！　モグモグモグ！」

疑わしげな視線を避けるようにして、彼は猛然と朝食を掻《か》き込む。

その姿を眺めつつ、楓はそっとため息をつく。

「プロの看護婦として、ですか……」

「バクバクバク……ん？　どーかしたの？」

「いえ……それより、朝食が終わったら、昼食時まで病室の外に出てもらえますか？」

「うん、別に構わないけど……シーツの取り替えでもするの？」

突然の申し出に、武は怪訝《けげん》そうな顔をする。

だが、理由はすぐに分かった。

「……中谷さんの横に、ちょっと……」

「オレの横？　どーゆーコトだ……って、どわっ⁉　れ、鈴奈さんっ……⁉」

「Ｚｚｚｚ……」

またしても、武の隣で鈴奈が寝ていたのだ。

「昨晩、緊急手術に立ち合われたとかで、徹夜だったそうで……」

珍しく、楓が申し訳なさそうな顔をしている。

「お昼までには何とかして起こしますので、それまでは……」

「……いつものように桜が来てたら、オレたぶん、殺されてるな……」

軽く身体《からだ》をすくませる武の横で、鈴奈は健やかに惰眠をむさぼり続けるのであった。

「んん～っ……拳で殴るのは反則じゃないの、葵ぃ……」

——何故か、寝言が武とソックリだったりする。


「なぁんか、いつもと違うなぁ……」

武が首をかしげたのは、空が夕闇《ゆうやみ》に染まってきた頃《ころ》である。

違和感の原因は、何となく感付いている。

「……桜を見てないんだよな、今日……」

武が女の子にチョッカイをかけた途端に、どこからともなく現れる、神出鬼没の桜子。

その桜子の姿が、午前中も、昼食時も、午後に入ってからも、一向に見当たらない。

武はこの日、病院中でナンパをしまくって解放感を満喫した反面、薄気味悪さも感じていた。

「何か、よからぬコトをたくらんだりとかしてないだろーな……例えば、オレが仮病を使ってるって言いふらしてるとか……」

いかにもありそうな仮定に、彼は我知らず身震いをする。

そこへ。

「……あっ！　いた！」

「おっ、いづみちゃん」

いづみが病室に飛び込んできた。

今まで走っていたのか、肩で息をしている。

「ハァ、ハァ、ハァ……さ、捜したんですよ、中谷さんのコトぉ！」

「オレを？　しかも、そんなに慌てて……どうしたんだい？」

「ハァ、ハァ……ええっと、ホントは昼食を用意した時にしようと思ってた話なんですけど……あのぅ、実は……」

息を整えながら、説明しようとするいづみ。

しかし、その説明はあまりにも回りくどくて、どうにも要領を得なかった。

「んーと……ですからぁ、そのぉ……何ていうか……ううう～……」

(聞いてるだけで、日が暮れそうだな)

武は思わず苦笑する。

どちらにしても、いづみがこれほど言いにくそうにしているのだから、何について話したがっているかは、おおよそ見当がつく。

「……桜に関することかい？」

「えぇっ!?　ど、ど、どーして分かったんですかぁ!?」

「ん、まあ……何となく、ね。で、桜のヤツが、どうかしたのかい？」

武が水を向けると、いづみは半ベソをかきながら、説明を再開した。

――彼女の回りくどい説明を聞いているうちに、武の顔には、何か考え込むような表情がにじみ出てきた。

「……というワケなんですぅ……ヒック……」

「つまりだ……」

ようやく説明が終わるのを待って、彼は簡単に要約する。

「昨夜、桜のヤツが初歩的な医療ミスをやらかして、思い切り落ち込んでると……そーゆーコトで、いいかな？」

「は、はい」

「じゃあ、昨夜の騒ぎは、夢じゃなくて本当の出来事だったんだ……」

廊下で交わされた会話が、おぼろげながら武の脳裏に甦《よみがえ》ってきた。

いづみの話では、その後の緊急手術で一命は取り留めたものの、危うく患者をひとり殺しかけた、かなり重大なミスだったらしい。

「でも、今の話を聞いてる限りじゃ、桜に直接の責任はなかったんでしょ？　だったらどうして、アイツがそんなに落ち込むんだよ？」

「それが……さっちんに間違った指示を出した医師《センセイ》が、今日になって辞表を出しちゃいましてぇ……」

「なるほど……それで、そのキッカケになったミスを自分が気付けなくて、責任を感じてヘコんでるってワケか」

しかめ面でうなずいた後、武はポツリと尋ねる。

「……で？　オレにどうしろっていうの？」

「あうぅう……そ、それは〜……」

いづみは、口ごもりながら武を見つめた。

彼女の眼差《まなざ》しを見て、武はそっとため息をつく。

（そんな、捨てられた子犬みたいな目で見つめられても……）

「まぁ、いづみちゃんの言いたいことも分かるよ。こんな時、〃同業者〃がなぐさめようとしても、拒絶されるのがオチだもんね」

そしておもむろに腕を組み、悩ましげに眉《まゆ》をひそめた。

「で、同業者じゃなくて、なおかつ桜のコトをよく知ってるオレのところに来たってワケだ……でも、どうしたモンかなぁ」

その時。

「……失礼なコト聞いて、ごめんなさい！」

不意に、いづみが決然とした表情と口調で、彼に問い質した。

「さっちんのこと……今は、どう思ってるんですか？」

「えっ……？」

意表を突かれて戸惑う武に、言葉を続ける。

「あの……さっちんから、色々聞いてます……もう、終わったって」

「あ、ああ、そう……アイツのことだから、散々オレの悪口言いまくってんだろ？」

「い、いいいえ。さっちん、普段は、私や楓ちゃんが何を聞いても答えてくれないんです。でも、お酒を飲むと……最後は決まって、泣きながら貴方《あなた》との思い出話をするんですよ？」

「…………」

武は目をそらした。いづみと視線を合わせるのが、何となく気恥ずかしかったのだ。

（桜のヤツ、昔から泣き上戸だったからなぁ……アイツの泣きながらの愚痴に付き合わされて、何度マズイ酒を飲むハメになったか……）

「だから、中谷さんが入院してからのさっちん見てると、とっても嬉しそうで……やっぱりまだ、貴方のコトを忘れられないのかな、って」

「…………」

「でも普段は何だか、まるで中谷さんのことを無理矢理忘れようとしてるみたいで……」

（なるほど……いづみちゃんが本当に言いたかったのは、これか……）

苦々しい認識が、彼の表情に影を落とす。

いづみは、ウソをつけるようなコではない。彼女の言葉が、桜子についての事実を伝えてくれているのだろう。しかし――。

「……そんなこと言われても、オレにはどうしようもないよ」

「そ、そうなんですか？」

「ああ。こればっかりは、ね。最終的な決定権を持ってるのは、多分……いや、絶対に桜だから……」

武は、笑った。

苦い笑みだった。

初めて彼が見せる表情に、いづみも戸惑いを隠せない。

それは、いつもいい加減で、入院以来セクハラを繰り返す脳天気男の、最もシリアスな一断面——。

「どうして、ですか……？」

いづみが、短く問うた。

武には、意味が正確に伝わった。どうしてふたりが別れたのかを尋ねたのだろう。

「ただ単に、オレの二股《ふたまた》がバレたからフラれた……それだけさ。アイツも、クダまきながら、そんな話してただろ？」

「た、確かに、そんな話は聞きましたけど……けど……」

武の言葉に、いづみは釈然としない様子だ。

それを見て取って、武は大げさに肩をすくめる。

「いや、いづみちゃんが納得いかないのも、よく分かるよ」

「え？」

「桜のヤツには理解できてないけど、このオレの、あふれるほどの愛は、桜ひとりにゃ受け止めきれないんだよ。だから、いづみちゃんにもオレの愛を分けてあげるよ♪」

「もぉ！　茶化さないでください！」

「ハハハハ……」

憤然とするいづみに、武は努めて笑顔を作って見せた。

——もちろん、いづみが釈然とできないでいる理由を、彼は正確に把握している。

何故なら、武の無節操な行動は日常茶飯事で、桜子も半ばあきらめていたから。

そんなふたりが、〝たかが〟二股程度で別れるのだろうか——いづみの疑問は、もっともである。

そして、武は忘れていなかった。

〝たかが〟二股程度では済まされない、ふたりの関係を壊した決定的な過ちを、彼自身が犯してしまったことを——。

「……まだ好きなんですね？　さっちんのこと……」

不意に、いづみが単刀直入に言った。

「う……そ、それは……」

どこか思い詰めたような、まるで自らが告白しているような——そんな彼女の真剣な眼差しに、武は明らかに気後れした。

いづみの視線を逃れるようにして、彼は言い逃れを試みる。

「……そんなコトより、桜のバカは放っておいていいのかい？」

「今は、中谷さんの返事を聞く方が大事です」

「で、でもさ、アイツをなぐさめるくらいなら、オレ、引き受けてもいいんだけど……」

「単なる元カレのなぐさめなら、さっちんの方が迷惑します」

「そ、それよりオレ、さっき言ったよね？　最終的な決定権を持ってるの桜だって……」

「大丈夫ですっ、さっちんは貴方とヨリを戻したがってるんですからぁ！」

「な、なんで、そんなコトが分かるんだよ⁉」

「だって、そのコトを尋ねたら、さっちん、顔を背けましたもん！」

「顔を背けたら、どうだって言うんだい⁉」

「図星だってコトですよぉ！　貴方もご存じでしょお、さっちんのクセ！」

「どー、どーして知ってるんだ、そのクセのコト⁉」

「それより、質問に答えてください！　さっちんのコト、まだ好きなんでしょ⁉」

「ああ、好きだとも‼」

——最後は、半ばヤケクソであった。

しかし、これ以上言い逃れができるとは、思えなかった。

武の脳裏に甦ったのは、更衣室を覗《のぞ》き見していた時の光景。

『ホントは、ヨリを戻したいんじゃないのォ～？』

『じょ、じょ、冗談はやめてよっ！』


――桜子は、いづみの言葉にそっぽを向いた。

いづみは、その時のことを指して言っているのだろう。

〃図星を指されると顔を背ける〃という桜子のクセは、本人以外のごく親しい人間しか知らない。そのクセを知り、これほど真剣に問い詰めるいづみに、最後までシラを切り通せる可能性が、そして切り通す必要があるのだろうか――自らの本心を偽ってまで。

「……そうですか！　よかったぁ～。その言葉が聞きたかったんですぅ♪」

彼の本心を聞くと、それまでの厳しい眼差しが一転、普段のホンワカした表情に戻るいづみ。その喜びようが、武には何とも気恥ずかしい。

「で、でも、オレがこんなこと言ったたって、アイツの態度は変わらないよ？」

彼が控え目に言うと、いづみは、

「そんなコトないですよ！」

と、強弁してゆずらない。

「さっちんだって、ホントはそう言ってもらいたくて仕方がないはずなんです！」

（桜のヤツ……いい友達を持ったなぁ）

ふと、心のなごむ武であった。


『えと……ついさっきまでさっちん、屋上でたそがれてました』

いづみの言葉に従って、武は屋上へ続く階段を昇る。

『今のさっちんをなぐさめられるのは、中谷さんだけです……頑張ってくださいね！』

「……頑張れって言われても、困るよなぁ」

最後に送られた熱いエールを思い返すと、彼はどうしても苦笑を禁じ得ない。

「こーゆーの、昔っから苦手だし、どのみちオレ流でいくしかねえなぁ……うおっ」

最後の1段を昇りきった途端、武の足が思わず止まった。

真紅の陽光が、武の視界を一時的に奪ったのだ。

「夕陽の光も、マトモに見るとまぶしいなぁ……アレか？」

まぶしさに慣れてくると、彼の目は女性の後ろ姿らしきシルエットを捉《とら》える。

手すりに両手をかけ、夕陽をジッと見つめるその姿は、武にはとてもか弱く、はかなげに見えた。

「……なーに、おセンチな気分にひたってやがんだか……おーい、桜ぁ〜っ」

武は意識して、いつものお気楽な声色で女性——桜子に呼びかける。

「あっ……武……」

しかし、振り向いた桜子の顔を見た途端、つい息を呑《の》んでしまった。

彼女の目元に、光るものを見てしまったのだ。

（コイツ……泣いて……たのか？）

桜子は慌てて顔を伏せ、涙を指で拭《ぬぐ》った。

心なしか憔悴《しょうすい》したようなその面持ちが、彼女の落ち込みようの激しさを物語っていた。

武はわずかに怯《ひる》んだが、どうにか気を取り直して桜子をからかう。

「何だよ、景気の悪いツラしやがって。昨夜寝てないからって、泣くほどアクビすることないだろ？」

「バ、バカね！　勝手に言ってなさいよ！」

桜子は勢いよく、武に言い返した。

——語尾が、震えている。感情がまだ、かなり不安定なのだろう。

それでも武は、笑顔を作った。

「まぁ、もともと人生なんてままならないモンだしさ……そー深刻そーなツラすんなよ」

「えっ……？」

「ハハッ。なんつーか、オレってこーいうの苦手だから、上手《うま》く言えないけどさ……みんな、お前のこと心配してるぞ？」

「…………」

「いろいろあったんだろうけどさ……余計な心配、友達にかけるのはよくないんじゃねーか？」

彼の笑顔を、桜子は軽い驚きの表情とともに見つめた。

その表情にふと、深い哀愁の影が差す。

「……まだ、誰にも言ってないんだけどね……」

「ん？」

「あのね……アタシ、辞めようかと思うんだ……この病院……」

「……はぁっ!?」

突然の告白に、武の目が大きく見開かれた。

「アタシ……この仕事に向いてないんじゃないかなって思って……」

「…………」

逆に、彼の口は真一文字に引き結ばれる。

（つらいことがあると〝逃避〟に走るところも、昔と変わらないんだな……）

定職にも就かず、借金取りに追われ、入院してからはセクハラ三昧《ざんまい》と、かなり自堕落な生活を送っている武。

しかし——そんな彼が、自分のことを棚に上げて、桜子の弱音に憤りを覚える。別れて数年経《た》っても消せなかった、彼女への想《おも》いの故か。

「……いい医師《センセイ》だったみたいだな、今日辞表を出したヒトは」

「えっ……アンタ、あの先生のこと、知ってるの？」

「昨夜、お前に説教する声を聞いただけさ。でも、いいコト言ってたじゃないか」

武は桜子の隣に立ち、手すりにヒジをかけて語った。

「『看護婦のプロフェッショナルらしく、与えられた職務と責任を果たせ』……だっけ？　いい言葉ジャン」

「…………」

「しかもその後、緊急手術で職務を果たして、辞表の提出で責任も果たした……医者としてはオレ的に信用できないけど、人間としては見上げた男だと思うぜ？」

「そう……いいヒトだったわ……それを、アタシが……」

「思い上がりだろ、そりゃ。もちろん、ミスを事前に発見するに越したことはないさ。でも、看護婦ってのは、医者の指示に忠実に従ってナンボだろ？　職務以上のことをできなかったからってヘコむのは、看護婦って仕事に対する驕《おご》りじゃねーか？」

「……アンタみたいなプー太郎になんか、言われたくないわよ」

「だったら、そのセンセイの言いつけを守って、プロの看護婦の仕事をすればいいだけだろ。その方がセンセイも、医療ミス食らった患者さんも、喜ぶんじゃねーの？」

「武……」

桜子は武の横顔を、まるで初めて見るような眼差しで見つめ——慌てて顔を背ける。

「ア、アンタがそんな真面目な話するなんて、明日は雪でも降るんじゃない？」

「大雪になるぜぇ……今夜のうちに、カマクラづくりの準備しなきゃな」

「バカ……」

そして、ようやく笑顔を見せた。

とはいえ——一瞬のことでしかなかったが。

「……なぐさめてくれるのは嬉しいけど、アタシが看護婦の仕事に自信をなくしちゃったのは、変わらないわ……」

再び表情の曇る桜子。

しかし、武はさほど慌てない。

「バカだね、お前は……看護婦なんて、気の強いお前には天職みたいなモンじゃないか」

すかさず彼は、慰めの言葉を続けた。桜子が落ち込むとポジティヴな思考がなかなかできなくなることは、昔から知っているのだ。

「それに、お前が勝手に辞めたら、いづみちゃんや楓ちゃんが人手不足で困るだろうが。どーすんだよ？」

「この病院は……大丈夫。看護学校を併設してるから、毎年毎年、すごい数の優秀な看護婦が入ってくるのよ。アタシひとりいなくなったところで……別に誰も……」

この時——武は密《ひそ》かに、緊張していた。

シャワールームや更衣室を覗き見した彼が。

そして、いづみにセクハラをはたらき、葵とはエッチまでしてしまった彼が。

そんな彼が次の言葉を発するまでには、ためらいを克服する数秒の間を必要とした。

「……オレが困るんだよ」

「えっ……」

そっぽを向いていた桜子が、驚いて武を振り向く。

「お前がいなくなったら、オレが困るって言ってんだよ」

「た、武……？」

「お前がいなくなったら、誰がオレにメシを運んでくれるんだ？　誰がシモの処理してくれるんだよ？　お前しかいないじゃないか……そうだろ？」

予想外の言葉に、桜子は戸惑いながらも、反射的に反発しようとする。

「かっ……勝手なこと言わないで！　アタシは別に、アンタの専属看護婦でもなんでもな不意に、武は桜子の腕を引っ張り、その身体を柔らかく抱きしめた。

……あっ！」

「イ、イヤッ……離して……！」

小さく悲鳴を上げる桜子。しかし、本気で武を拒絶する様子はない。

夕陽が彼女の顔を照らし、ほんのり赤く染め上げる。

しっとり濡れた唇は、今にも咲こうとしている花びらのように薄く開いて、間から真珠色の歯を覗かせていた。

武は顔を寄せながら、低い声でささやく。

「だったら、これからなってくれよ、オレだけの看護婦さんにさ」

「そんなの……あっ……」

そして、ゆっくりと唇を重ねた。先日、無理矢理に口で奉仕させた時とは違い、優しく、柔らかく——。

「ん……むぅ……」

桜子は眉を寄せ、小さくうめき声を上げる。

それでいて、忍び込む武の舌を拒もうとはしない。

武の舌先は、桜子の前歯を撫《な》で、唇の裏側のぬめりをすくい取る。

「うむぅ……ウンッ……」

桜子の歯が、おずおずと開く。その隙間《すきま》を滑り込み、武の舌先は桜子のそれと接触し、絡み合った。

武の舌全体に広がる、桜子の唾液《だえき》の美味――。

しばらく桜子の唇や舌を堪能した後、武は彼女の胸に、制服越しに手を添える。

「なあ、桜……いいだろ……?」

「……ダメだよ、そ、そんなの……あんっ」

おもむろに、胸を揉《も》み始める。同時に、スカートの中に手を伸ばし、白い太股《ふともも》をさすってやる。

張りのある瑞々《みずみず》しい肌は、手の動きに合わせてピクン、ピクンと断続的に震えた。

さらに、首筋に息を吹きかけると、

「ああっ……!」

桜はゾクゾクと背筋を震わせ、悩ましくあえいだ。

その目がすっかり潤んでいるのを確認すると、武はさらに手を動かし、コットン地のショーツの股の部分に触れた。

「ふぁ! や、やだ……こんなトコで、そんなっ!」

プックリとした質感が、指先に心地よい。かすかに食い込んだ割れ目の感触が、桜子の最も敏感な部分の具合を武に伝える。

――かすかな湿り気。桜子の身体は、武を求め始めていた。

「もう感じてるんだね……可愛《かわい》いよ、桜……」

武は微笑《ほほえ》みながら、桜子の耳元で呟《つぶや》く。

「なあ、頼むよ桜……これからずっと、オレだけをケアしてくれないか……？」

「た……武……ああ……」

桜子は顔をわずかに背けながら、切ない吐息を漏らす。

「お前がオレだけの女だってコトと同じで、オレもお前だけのものなんだよ……」

――武が、思いの丈を詰め込んだはずの一言。

その反応は――武の想像を、大きく逸脱していた。

桜子がいきなり、思い切り殴られたような表情で、武を凝視したのだ。

「……アタシだけの？」

「アンタが、アタシだけのもの、ですって……!?」

「……桜？　急にどうし……」

「嘘《うそ》つきっ‼」

パンッ――！

「イテッ！　……な、何だよ急にぃっ⁉」

武は事態を飲み込めず、平手打ちを食らった頬《ほお》を押さえて叫ぶ。

彼をにらみつける桜子の顔は、夕陽の赤い日差しの中でもハッキリと分かるくらい、怒りで紅潮していった。

「アンタは、あのコのものなんでしょ⁉」

「あ、あのコって……」

「アンタなんか、アンタなんか……あのコの、神菜《かんな》のモノじゃないいっっ‼」

吐き捨てるように絶叫すると、桜子は屋上を走り去ってしまう。

後に残された武は――平手打ち以上の痛打を食らい、沈痛そうにゆがんでいた。

「オレが、神菜のモノ、か……」

〝神菜〟――その人名は、彼と桜子にとって、これ以上なく重い意味を持つものであった。

だからこそ、武の入院以来、暗黙のうちに禁忌《タブー》とされてきた名前でもあった。

フルネームは、〝真堂神菜〟。

武と桜子が付き合っていた時期、武が二股をかけた最後の少女の名前。

そして、桜子と同じ日、同じ時刻に生を受けた、双子の妹の名でもある――。


確かに――武はその日、許されざる過ちを犯した。

桜子の誕生日だというのに、双子の妹・神菜と、肌を重ねてしまったのだ。

屋上のコンクリートに独り寝転がりながら、武はその時の様子を思い返す。

（桜が、オレの部屋に踏み込んできた時は、心臓が止まるかと思ったなぁ……）

――最初にモーションをかけたのは、実は武ではなく、神菜だった。

双子の姉妹だけあって、男性の好みが桜子とほとんど変わらなかったのだろう。

しかし、武にとって彼女はあくまで桜子の妹――つまり〝恋人の姉妹〟であって、恋愛の対象にはなり得なかった。

それでも神菜はあきらめずに、公然とアプローチを続けてきた。

ずっと誘いを断り続けた武だったが、衰えぬ彼女の情熱にほだされてしまい、ついには自分のアパートで結ばれたのである。

そして――桜子に見つかってしまう。

桜子は、狼狽《ろうばい》のあまり硬直してしまった武と、自分と同じ顔を持つ妹の姿を、しばらく黙然と見比べた後、一言告げたものだ。

『さよなら……そのコと幸せにね……』


――その瞬間以来、桜子は武の前から姿を消した。

武と神菜の関係も気まずくなり、ふたりはすぐに別れることとなった。

それから数年間、武が桜子に会うことはなかった。

行方が知れなかったため、連絡を取ることすらできなかったのだ。

だから、武がキノコの毒にあたって《平沢総合病院》に入院しなければ、もしかしたら一生会えなかったかも知れない。

それでも、再会した時点では、彼は桜子のことを〝過去の女〟として見ていた。

あるいは――〝過去の女〟として見なそうと心掛けた。

何しろ、別れた経緯がひどすぎた。桜子が許してくれることはないだろうと、彼は見切りをつけていた。そのつもりだった。

「なのに……まさか、ヨリを戻そうとすることになるとは、ね……ハハハ」

空を見上げ、武は乾いた笑い声を立てた。

夕陽も沈み、夜空には大小さまざまな星が瞬き始める。

夜空に姿を現したばかりの満月が、美しく、そしてはかなく輝いている。

それをジッと眺めているだけで、武の目尻には涙が浮かんできた。

「……いかんいかん！　オレ様ともあろう者が、こんなことで感傷にひたってどーする？」

慌てて、人差し指で涙を払う。

その視界に——いきなり人影が飛び込んできた。

「……いつまで、こんな所で寝っ転がってんのよぉ」

「桜っ……！　どーして……？」

もう戻ってこないと思っていた桜子の姿に、武は驚いて身体を起こした。

桜子は、バツの悪そうな表情で説明する。

「担当の患者を夜風にさらしたままにするのかって……病室に連れ戻すまで、ナースステーションに帰って来るなって……楓のヤツが……」

(なるほど……こりゃ、楓ちゃんにも感謝だな)

ひとり納得する武。

『へぇ～……楓ちゃん、さっちんを強引に、屋上に追い返したんだぁ』

『屋上に戻る大義名分を与えてあげた……って、言って欲しいわね』

などと、ナースステーションで交わされているであろう会話が、何となく想像できてしまった。

「……そりゃ、悪かったな」

彼がおもむろに立ち上がると、ふと桜子が尋ねた。

「ねぇ……神菜は元気でやってる……？」

「…………」

武はやや意外そうな顔をする。

「……神菜、どうかしたの？」

「お前……アレ以来、神菜ちゃんに全然連絡取ってないんだろ？」

「何？　どうかしたの……？」

「どうもしないよ。ただ、別れただけさ」

「えっ……どうして？」

「……しようがないだろ？　自分のせいで姉貴が家を出てっちまったんだ。妹が良心の呵《か》責《しゃく》を覚えたって、不思議じゃないだろ」

そう説明されると、桜子の中にも後ろめたい気持ちがあるのか、言い訳めいた言葉を武に返した。

「だけど、あの時は……アタシ、あれ以上あそこにいられなかったわ……」

「オレだって、神菜ちゃんの顔を見るたびに、お前のことを思い出して……」

「仕方がないじゃない、同じ顔なんだから。神菜を選んだのは、アンタの勝手でしょ」

「〝選んだ〟って言うと、ニュアンスが違うぞ。モーションをかけてきてたのは神菜ちゃんの方で、あの日はとうとう、オレが我慢しきれなくなって……」

当時の状況を、どうにか正確に伝えようとする武。

しかし、桜子は彼の説明に、大きな衝撃を受ける。

「……神菜の方から？　ホントに⁉」

その驚きようを見て、武はやっと、桜子が突然姿を消した理由に気付いた。

(そうか……桜は、オレが自分じゃなくて神菜ちゃんを、カノジョに選んだと思い込んだんだな)

「あのな……それに気付かなかったの、お前だけだぜ？」

「……みんな知ってたの⁉　それって、誰もアタシに教えてくれなかったってこと⁉」

「気ぃ遣ったんだろ。双子の姉妹で、ひとりのオトコ取り合ってんだから」

武は努めて冷静に、客観的に説明しようとする。

だが——桜子は彼の冷静さに反比例するかのように、次第に感情的になっていった。

「じゃあアンタ、ずっとアタシたち姉妹を二股かけてたってのお⁉」

「ちょ、ちょっと待て！　ずっとじゃなくて、途中から神菜ちゃんが……」

「ヒドイ！　アタシに優しいこと言ってて、その裏であのコとも仲よくしてたの⁉　ア、アタシ、アンタが好きだったから、言うことは何でも聞いてたのに……そんな……」

「だから、落ち着けって！」

激昂《げっこう》する彼女をどうにかなだめようと、武は必死に語りかけた。

「オレはずっと断ってたんだぞ！　そりゃ、その……キスくらいはしたけど……最後の一線は、あの時まで越えなかったんだ！」

「へぇ、アンタにしちゃ珍しいじゃない。女の子からのお誘いを断るなんてさ」

「平気な顔して、カノジョの妹と寝れるワケないだろ！　神菜ちゃんに手ぇ出したら即ドロ沼だって、分かり切ってんじゃねえか！」

「……でも結局、手を出したんだ？」

「ウッ……あ、あれは……その……」

「どうして？　何で、アタシじゃなくて神菜を選んだの？」

「だ、だから、選んだワケじゃないって、さっきから……」

「あきれた！　好きでもないのに、あのコを抱いたってワケ？」

「ち、違うって！　そりゃ、ちょっとは……」

「フン！　何だかんだ言って、やっぱり女なら誰でもいいんじゃない！」

——無駄な抵抗だった。

桜子はもはや、武の一切の弁明を受け付けなかったのだ。

よく考えれば、〝自分ではなく神菜を選んだ〟という主張と、〝女なら誰でもいい〟という主張は相反する内容なのだが、元来思い込みの激しい彼女は、そんなことなどお構いなしである。

とはいえ、桜子の糾弾が、理不尽なものばかりというわけでもない。

「それに……なにも、アタシの誕生日に浮気するコトないでしょ⁉」

「んなコト言っても、神菜ちゃんの誕生日だって同じじゃんか！　お前ら、双子なんだから……」

「だったら、なおさらよ！」

「うぐ……」

「ふたりきりのバースデーをアンタと送ったのは、アタシじゃなくて神菜だったのよ？　アンタになんか……アタシの悔しさは分かりゃしないわよっ‼」

「…………」

この言葉に反論する術《すべ》を、武は知らなかった。

自分と似て非なる存在に、恋人を奪われる——その屈辱感は、想像して余りある。

（これは……確かに、オレが全面的に悪い……）

武が一瞬うつむく間に、桜子の声は少しずつ涙声へと変わっていく。

「どうして今さら、忘れた頃に戻ってきたのよ⁉　やっぱり好きじゃないって……あれは一時の気の迷いだったって、ごまかしてたのに……！」

「…………」

「アンタが来なければ、気付かずに済んだのよ……アンタと付き合ってた頃が一番幸せだったコトも、アンタみたいないい加減な男をこんなにも大好きだってコトも……！」

「桜……」

——それは、胸が締めつけられるような言葉の羅列だった。

かつて、さんざん怒りはしたものの、桜子は武の浮気の全《すべ》てを許してきた。

ただひとり、神菜だけは例外だった。

彼女と浮気をすればどうなるか——充分予想できたにもかかわらず、情と誘惑に負けて一夜をともにしてしまった、その代償はあまりにも大きかった。

失ってしまったものの大きさ——そして、それを取り戻せるかも知れない最後の機会に、武は強い戦慄《せんりつ》と緊張を覚えながら、口を開いた。

「……信じてくれ、桜。オレが欲しいのは、今でもお前だけなんだぜ……？」

「今さら、そんなの信じられるワケないじゃない！　ヒック……グスッ……」

桜子が涙ながらに、怒りの声を上げる。

しかし、怯んではいられなかった。

「ホントなんだよ！　昔も今も……あの瞬間だって、オレが一番好きなのは……」

「ウソばっかり！　同じ顔なんだから、アンタにとっちゃアタシでも神菜でも、どっちでもよかったんでしょうよ！」

「そんなコトはない！　だから、オレの話を……」

「それに、あのコの方がおとなしいし……」

「……それは確かだな。神菜ちゃんは、お前みたいな暴力女じゃなかった」

「……頭もいいし……」

「ウン。頭の回転は速かった。楓ちゃん並だったんじゃないかな」

「ウグッ……ス、スタイルも抜群だし……」

「いづみちゃん並の爆乳系だったからなぁ。身体のパーツのバランスも完璧《かんぺき》だったし」

「……ほら！　全部、神菜の方がアンタ好みじゃない！　だったら、神菜と付き合ってりゃよかったじゃない!!」

「でも、あのコは桜じゃなかった！」

——武が突然、声を張り上げる。

彼の言葉に、桜子は思わず息を呑む。

「…………ッ!?」

その隙を突いて、武は彼女の腕を引っ張り、柔らかな身体を抱きしめた。

「分かるか、桜？　確かに神菜ちゃんはいいコだった。顔も同じだった。でも……やっぱり、お前じゃなかったんだよ……」

「そんな……そんなのって……」

桜子は涙に濡れた顔に、戸惑いと泣き笑いの表情を交互に浮かべる。

武はこの時はじめて、いつものお調子者らしい笑顔を見せた。

「それにさぁ……神菜ちゃん、ヒドイんだぜ？　何てったって、お尻でヤラせてくんないんだよぉ」

「えっ⁉」

「お前は泣きながらでも、オレに突っ込ませてくれたのにさぁ～。ヒドイと思わないか？」

「バ、バカ！」

顔を真っ赤にして、拳《こぶし》を振り上げる桜子。

その手首を掴《つか》んで押さえると、武は彼女の唇を奪った。

「んっ……んふぅッ……！」

桜子は身をくねらせてうめく。

その身体に、無駄な力みはない。やはり、本気で抵抗する気がないのだ。

「肌が冷たくなってる……寒いのか？」

「あふっ……！」

武は、ナース服に包まれた桜子の胸の膨らみを、やや乱暴にこね回した。

痛みからか、桜子の顔が軽くゆがむ。

「ンンッ……だめぇ……」

ほんのり頬を赤らめる彼女を、武はそっと抱きしめ、頬に軽く口づけをする。

「あン……」

「好きだぜ、桜……お前のその、思い込みの激しいトコとか、可愛いよ……」

「ズ、ズルイよ、そんなの……こんな時だけ、すごく優しいなんて……」

桜子は照れたように呟く。少し口をとがらせる仕草が、武にはたまらなく愛らしい。

「ねえ……ホントに、信じていいの……？」

「決まってるだろ。お前が好きだから、オレのもこんなになってるんじゃないか」

うなずきながら、彼は桜子の手を引いて、股間《こかん》に導いた。

「あっ……」

そこは既に、熱い鉄のように硬く勃起《ぼっき》していた。力強い剛直の脈動が、武者震いのようでもある。

「……な？」

「バカ……相変わらずスケベなんだから……」

「キライか、オレのそーゆートコ？」

「………」

桜子が一瞬口ごもると、武はそのタイミングを狙《ねら》っていたかのように、体重をかけてコンクリートの上に押し倒した。

「やぁン……重いぃ……んっ」

続けて、桜子のみずみずしい太股の間に、自らの身体を割り込ませる。

「なあ、桜……いいだろ？」

「……もぉ、相変わらずケモノなんだからぁ……」

顔をしかめながらの彼女の一言は、事実上のオーケー・サインであった。

それを見て取ると、武は桜子の身体を執拗《しつよう》にまさぐり、かつて彼が刻みつけた官能のスイッチをひとつずつオンにしていく。

ナース服が少しずつはだけていくのに合わせて、桜子の呼吸は次第に弾《はず》んでいく。

「あ……ちょ、ちょっと待ってぇ……こ、心の準備が、ああっ……！」

軽い悲鳴。武が制服を下からたくし上げた拍子に、柔らかな乳房がブラジャーからこぼれ落ちたのだ。

「心の準備って言ってもさぁ……身体は準備万端っぽいぜ？　もう気持ちイイんだろ？」

武は言いながら、既に固くしこっている桜色の尖端《せんたん》をキュッとつまんでやる。

「そ、そんなコトない……あ……」

否定しようにも、吐息を止められない。自分の口から出た嬌声《きょうせい》に、桜子はさらに頬を紅潮させた。

「ヤセ我慢するなって」

武は手早く、彼女のスカートを剥《は》ぎ取る。

「お前の身体を開発したのは、オレだぜ？　そのオレに見栄張っても、意味がないだろ」

「んっ！　や、やめて……ヤセ我慢なんかしてないっ……」

「だったら、本気で抵抗すればいいじゃないか……よっと！」

そして、乳首を軽く指で弾《はじ》く。

「はンッ……！」

桜子の上半身が、敏感に痙攣《けいれん》した。

間を置かず、武が乳首を口に含むと、痙攣はさらに激しくなっていった。

「……ああっ、だめぇ！　す、吸っちゃ……はぁぁっ！　先っちょ噛《か》んじゃダメェ！」

唇でつまみ、舌先で転がし、軽く前歯を立てる——武が与える数々の刺激に、桜子は腰を浮かせて悶《もだ》える。

「へへ、すっかりおとなしくなっちゃって……」

しばらくして、武は乳首から口を離して笑った。

「案外、最初から期待してたんだろう？　ほら、もうパンツもグチョグチョじゃん」

「ま、またバカにしてぇ……こん、なの……くぅ！」

「どうだよ、気持ちイイんだろ？　例えば、ココをこーいう風にするとさぁ？」

彼は挑発しながら、桜子の秘所を、ショーツの薄布越しに爪《つめ》で引っ掻く。

「……はあぁっ、ダメェッ……！」

途端に、桜子の切なげな叫び声が、屋上に響き渡った。

恥辱と快感に悶える彼女の姿を楽しみつつ、武はショーツに手をかけ、ゆっくり脱がせようとする。

「なあ、もういいだろ？」

「ハァ、ハァ……ダ、ダメって言っても、脱がせるクセにぃ……」

ついに桜子は、抵抗を——あるいは、抵抗するフリをあきらめたようだ。

「へへへ、分かってるじゃん」

「バカァ……もぉ、意地悪しないでぇ……」

拗《す》ねたような声とともに、彼女の恥丘があらわになる。甘い芳香を放つそれは、既にあふれていた愛液に濡れ、卑猥《ひわい》に、そして美しく輝いていた。

その、食虫植物を思わせる、淫靡《いんび》で蠱惑的《こわくてき》な部位を、桜子はそっと掌《てのひら》で隠す。

「や……やっぱり恥ずかしいよぉ……全部、見えちゃう……」

「でも、クリちゃんは、見て欲しそうにヒクついてるぞ？　おーおー、お口もパックリ開

た。

彼女の掌を払うと、武は太股の付け根に顔をうずめ、小さな肉芽を舌で執拗に責め立てた。

「やっ……はあぁん！　……ひぃぃっ」

桜子は太股で彼の頭を挟み、盛大にあえぎ声を上げる。

「よしよし。イイ反応だ。昔よりずいぶん敏感になってるなぁ」

「ああッ……はぁーっ、はぁーっ、はぁーっ……だめェ……力が、抜けてくよぉ……」

身体を細かく震わせ、半泣きの状態で武に訴える桜子。

彼女の肉芽はアッという間に充血し、今ではすっかりコリコリに勃起していた。

「ダメ……？　ホントかよぉ。お前のココ、スゴイことになってるじゃないか」

「ヤッ……そ、そこダメッ……やめっ……！」

武の言葉に、桜子は次なる刺激を予感して、反射的に拒絶する。

しかし——武は、肉芽に触れなかった。

ただ、触れるか触れないかギリギリの位置で、指をジッと静止させたのだ。

「ええっ……？」

桜子は一瞬、あっけに取られる。

だが、曖昧《あいまい》な状態が続くうちに、彼女の腰はガクガクと激しく震えてきた。

「えっ……アアアア……ど、どうして……？」

——焦《じ》らされた結果である。否応なく敏感さの増した肉芽は、脈動のたびに、しびれるような快感を桜子の全身に巡らせる。

やがて、武は指をスッと離した。

すかさず、桜子の濡れた唇がわななないた。

「はんッ……あっ！　も……ああああっ……もっ……」

「……も？」

武が不思議そうに尋ねると、桜子は震えながら唇を噛みしめる。

しかし、彼女が〝もっと〟と口走りそうになっていたのは、明らかだった。表情を見るだけで、理性がグズグズと崩れ始めていることが分かる。

「〝も〟って言われても、オレには分からんなあ。どうしてほしいんだよ？」

済ました顔で言った後、武は肉芽に軽く息を吹きかける。

「アッ……ぃやああああ……」

刺激とすら言えない、かすかな感触は——かえって、桜子の肉欲を焦らし、大きく膨らませていった。

「だから、何がイヤなんだよ？」と、武。

「お前のアソコが、ヒクヒクしてるぞ？　これに、触って欲しくないいんだな？」

「くっ、くぅぅうン……」

肉欲に惑い、羞恥《しゅうち》にためらうウチに、桜子の瞳《ひとみ》からは理性の光が徐々に失われていく。

——前触れなく、彼女の手が股間に伸びた。

「おっと！」

武は慌てて、その手を払いのける。

「オナニーしようとしたのか？　恥ずかしいヤツだな」

「いやぁぁぁぁぁぁン……！」

ついに、桜子は泣き声を上げた。

肉欲を満たせるだけの充分な刺激を求めて、その腰は淫らにうごめき始める。

「意地悪しないでって、言ったのにぃぃぃ……」

「意地悪なんて、してないだろ。オレにどうして欲しいのか、桜自身が言ってくれなきゃ分かんないんだよ」

——もちろん、武は自分が意地悪をしていることを、自覚していた。

「ま、とりあえず、ちょっと触ってみよっかな♪」

彼は指先で、桜子の肉芽を一瞬だけかすめ、すぐに離す。

効果は、絶大。

「はうっ……やぁぁぁぁン！　アソコがっ、アソコが疼《うず》いて、おかしくなっちゃうぅぅっ!!」

発散を許されないまま、その裸身にさらなる肉欲を蓄積された桜子は、卑猥に腰を突き上げて叫んだ。

「もう……もう、やめてぇぇっ！」

「だから、何をやめてほしいんだ⁉」

武はわざと、声を荒げて問い質す。

「言っただろ、オレが一番好きなのはお前だって！　お前が頼みさえすれば、オレは何でもやってやるんだぞ？　さあ！」

彼の言葉に恥じらったり、反発したりするだけの理性は――もう、桜子には残っていなかった。

「……もう、焦らさないでぇっ！」

ついに、桜子は自ら、武を求めた。

「熱いのっ、アタシの熱いのを、何とかしてぇっ！」

秘裂からこぼれた甘い蜜《みつ》は、糸を引いてコンクリートの床に垂れ、男を誘っていた。

いつの間にか、口の端からも涎《よだれ》が垂れていたが、桜子は気付く素振りすら見せない。

「おいおい、そんなコト大声で言って、恥ずかしくないのかよ？」

その様子を、武は満足げに観察する。

「相変わらず、すぐに身体に火がついちゃうんだな、桜は」

「ウゥゥ……アンタが、アタシをこんなにしたんじゃない……責任取ってよぉ……」

狂おしいほどに強い眼光で、抗議の眼差しを送る桜子。

彼女をこれ以上焦らす気もなかったし――彼自身もこれ以上辛抱できなかった。

「……それじゃそろそろ、コイツをやるよ」

「あっ……！」

突然、桜子の目の色が変わる。

「ほら、お前の大好物だよ」

彼女の目の前に――武の肉棒が突きつけられたのだ。

既に硬く勃起した怒張を、桜子はトロンとした目つきで凝視する。

「す……すごい……もう、そんなに大きく……」

「ああ……桜の中に入りたくて入りたくて、もうこんなに大きくなってんだよ」

言いながら、武は肉棒を桜子の股間にあてがった。

彼は蜜壺《みつつぼ》からあふれ出た潤滑油を、丹念に亀頭に擦りつける。

その動きを魅入られたように見つめながら、桜子は無意識のうちに涙を流し始めていた。

「ああぁ……すごく熱い……こんなのが入ったら……」

「なぁ、桜……お前のオ○○コは、オレのチ○ポが大好きなんだよな？」

不意に武が、わざと下品な表現を使って、彼女に返答を求める。

「はぁ、はぁ、はぁ……そ、そんなんじゃ……」

「違うのか？　だったら、ここでやめちゃおうか？」

「イ、イヤァ……！　お願いだから、やめないでぇ！」

桜子は、つやっぽい鼻声で懇願した。

「苦しくて……切なくて、死にそうなのぉ……お願い……アタシ、武の逞《たくま》しいのが欲しいの……」

「桜……」

「奥まで来てっ……昔みたいに、イッパイ……激しく、してぇ！」

それは、武の鼓膜と肉棒に絡みつくような、悩ましいあえぎ声だった。

昔のそれよりも、もっと淫《みだ》らで、もっと艶《あで》やかで、もっと美しい嬌声――。

「……それじゃ、いくぞ……」

武は、ガラにもなく感傷的な気分にひたると、自分でも抑えられないほどそそり立った怒張で、桜子の蜜壺を貫いた。

「アハァァァァァァッ……！」

桜子の唇から、歓喜に満ちた吐息が押し出された。

「か、硬いのっ、硬いのが奥まで入ってきてるぅっ！」

一方――武もさすがに、冷静ではいられなかった。

「くぅっ……さ、桜の中って……こんなに熱かったのか……！」

数年間の別離を経た、久々の桜子との結合——その瞬間、肉棒を経由して武の脊椎《せきつい》に、そして全身に、桜子の熱が伝わったのだ。

彼はつながっているだけで、全身を桜子に包まれているような錯覚をおぼえた。

——しばしの静止の後、武はようやく、腰を動かし始める。

さっそく、粘膜同士のこすれ合う音が、星空に吸い込まれていく。

「あぁん！　ど、どうしてぇ……か、身体が動かないよぉ……」

桜子は、床に上体をベッタリ張り付けたまま、可愛らしい声であえいだ。

「こんなの……いつもと違うぅ……ひあっ！　太いのがっ、武の太いのが、アタシの奥で暴れてるのぉ……！」

「うおおおっ！　桜のスケベなアソコが、オレのにしゃぶりついてくるぜぇ……！」

彼女の裸体を抱きしめて、武は息を弾ませながら尋ねる。

「桜っ、どこが気持ちいいんだよ!?」

「イヤァ……そんな、恥ずかしいコトッ……」

「言えよ、昔みたいに思い切り大きい声でさぁ！」

繰り返し促すと、桜子は少し口ごもりながら答える。

「あっ……くはぁ……お……こ……気持……いいぃ……」

「……ちゃんと言えって！　どこが気持ちいいんだよ⁉」

業を煮やした武は、倍のスピードで腰を動かした。

「……あっあっ、アアアアッ！　オ、オ○○コぉ！　オ○○コ気持ちいいのぉーっ‼」

――途端に、桜子は羞恥をかなぐり捨てて叫ぶ。

そして、自ら卑猥な単語を叫んだことで、さらに瞳を興奮で潤ませた。

「いやぁっ！　そ……そんなに激しくされたら、オ○○コ壊れちゃうぅーっ！」

彼女がよがり声を上げるのと同時に、武の剛直を締め上げる肉壁がビリビリと痙攣を起こし、最奥のぬかるみが燃えあがるように煮え立つ。

「まだ、入れたばっかりだぞ⁉　もうイッちまうのかぁ⁉」

武が叫ぶと、桜子は正面から彼を見つめて哀願した。

「あんン……ぬ、抜いてぇーっ……！」

「我慢しなくていいから、イッちゃえよ！」

「ひあああっ！　ま、待ってぇ……じゃ、じゃあ……一緒に……お願いぃ！」

「そうか、一緒ならいいのか……じゃあ、たっぷり胎内《なか》にぶち込んでやるっ‼」

汗ばんだ顔に笑みを浮かべると、武はさらに強く彼女を抱きしめ、子宮の最奥を肉棒でいっぱいに満たした。

「あああっ！　出たり入ったり、スゴイっ……めくれちゃうぅっ！」

桜子は彼にしがみつき、絶頂への衝動を少しでも耐えようと試みる。

しかし、武は許さなかった。

彼自身——絶頂の時が近付いていたから。

「ううううっ……た、確か桜は、この尿道の裏が感じるんだよなぁ……！」

「えっ……イ、イヤ！　そこに当てちゃうと、すぐイッちゃ……ああン！　武のが、ズンズン来るぅ!!」

ピンポイントで性感帯を突かれ、桜子の全身が一気に硬直を始める。

同時に、武の剛直の膨張も、制御不能なレベルに達する。

「ア、アタシ、もう変になっちゃうよぉ！」

「ハァ、ハァ……オレもダメだっ……イクぞ、桜ぁっ!!」

「アヒィッ！　ダ、ダメぇ……そ、外に出してぇぇ！」

「カ、カッコつけんな！　奥に欲しい欲しいって、お前のココが吸いついてきてるんだよ……くおおおっ!!」

「あああああああああああっ……!!」

——ドビュク!!　ビビュビュッ！

## 入院７日目

武の剛直が、ついに暴発する。

白いほとばしりが、桜子の蜜壺の中へ注がれていく。

「……はぁぁぁン！　熱いのっ、熱いのが奥までイッパイ来てるぅっ！」

大きく身をよじらせる桜子。

ビュルル――ビュブ！　ビュッ！

ほとばしりは、その子宮の中へさらに溜《た》め込まれる。

「うっ……お、おぉっ!?」

ふと、武のうめきが、驚きの声に変わっていった。

ブリュッ！　ビルルゥ――。

「なっ……ザ、ザーメンが、止まらんっ……!?」

彼の怒張から、ほとばしりが延々と放たれていたのだ。

しまいには――つながった状態にもかかわらず、桜子

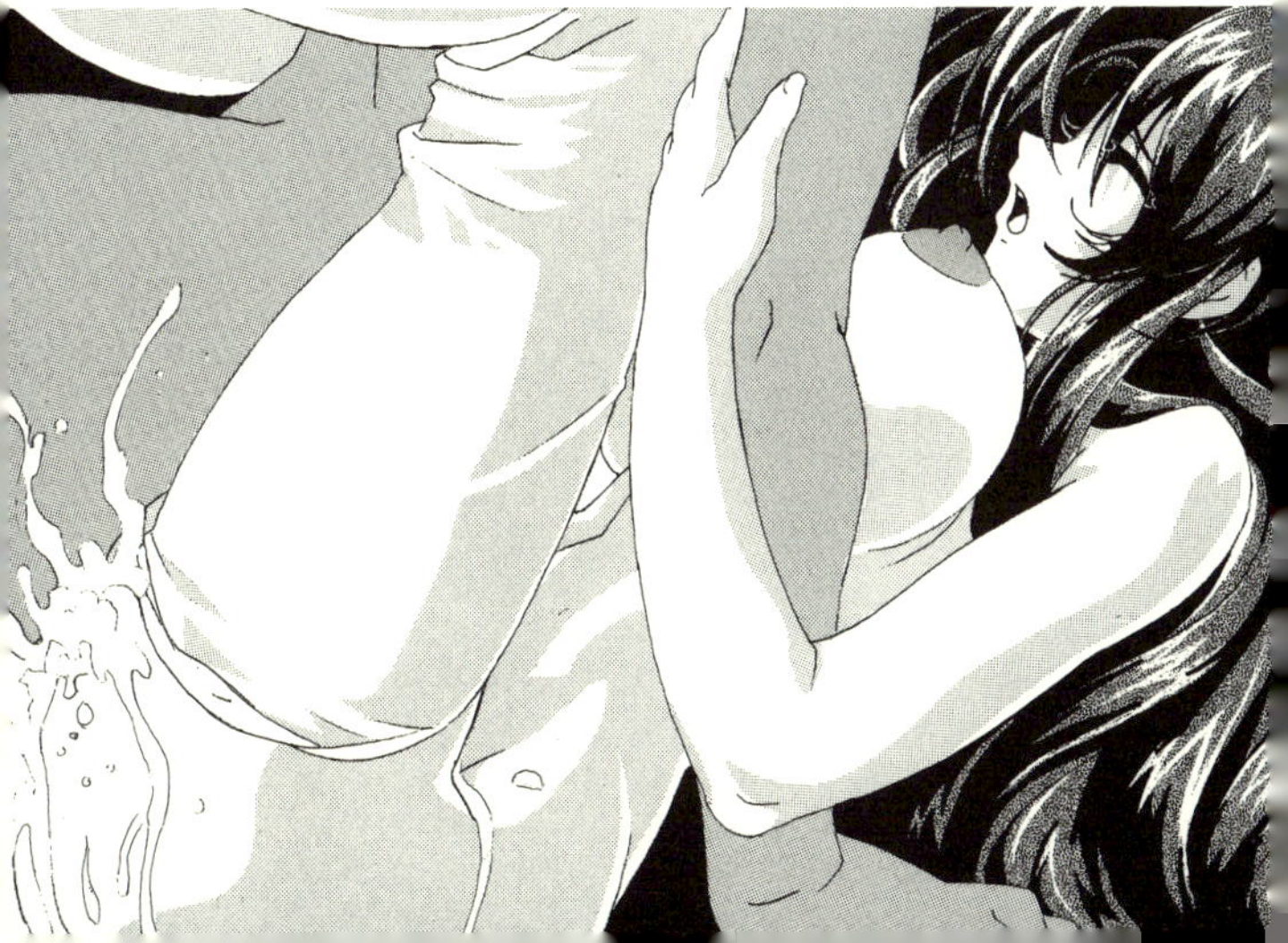

の秘裂から、白い粘液があふれ出してきた。

同時に、鳥肌が立つほどの快感が、武の身体を駆け巡る。

それは、かつて経験したことのない、不思議な感覚であった。

「熱いのがっ、お腹の中で弾けてるぅっ……イヤッ、イッちゃうぅぅぅぅんっ!!」

桜子が、全身を震わせて、絶頂に昇り詰める。

その間も、粘液は蜜壺からあふれ続け、ふたりの下に卑猥な溜まりを作っていく。

——桜子の身体の硬直が解けた頃、武の射精もようやく収まった。

「はぁーっ、はぁーっ、はぁーっ……」

桜子は、官能の涙に美貌《びぼう》を濡らし、放心状態で横たわっていた。

「ふぅ……どうだ、桜？　気持ちよかったか？」

武の問いにも、力なくうなずくのみ。

一方、武の身体は——今までになく深い、そして心地よい疲労感に包まれていた。

「何だったんだろう、いったい……あんなに射精したのも、あんなに気持ちよかったのも、初めてだ……」

昨日、医院長室で葵とヤッたのとは、種類の根本的に違うセックスだった——そのくらいしか、自身を納得させる理由は思いつかなかった。

葵には、身体中の精を搾り尽くされるような気がした。

だが、桜子とのエッチは、自分の内に溜め込んだ激情を解放してもらった、としか表現できない、温かい充実感を得た。

「やっぱり……桜とだったから、かなあ……」

彼は不思議そうに呟きつつ、汗に濡れた桜子のヒップを撫で、肌のなめらかさと弾力感を愛《め》でる。

と——。

「……あ……フゥ、ウンッ……ひや、あぁッ……」

桜子の口から、ついさっきまでと同じテンションのあえぎ声が紡ぎ出された。

絶頂の余韻にひたりきっていた身体を震わせ、武の愛撫《あいぶ》に熱い吐息を漏らす。

その時、武はようやく気付いた。

「あ……まだ、桜の中に突っ込んだままだ」

彼の怒張がしぼむ気配を全く見せず、桜子の秘裂を深々と突き刺したままだったのだ。

となると、彼がすべきことは、ひとつ——。

「なぁ、桜」

「ハァ、ハァ、ハァ……あっ……な、なに……？」

「……抜かずの２発目、イッとく？」

「えっ……そ、そんな、ダメだよ、アタシまだ……ンあああっ！」

武は器用に身体を入れ替え、肉棒を桜子の中から抜くことなく、後背位の姿勢を取った。最奥まで貫かれたままで子宮口をえぐり上げられ、桜子の身体は再び快感に震え始める。

「アアアアァッ！　スゴイのぉっ！　武のが、アタシの中にねじ込まれてるぅぅっ!!」

もう、桜子が羞恥にためらうことはなかった。

バックから犯す武を、彼女は全身で受け止めて、はばかることなくあえぎ声を上げる。

「も、もぉ我慢できないよぉ……スゴク気持ちよくて……いいのぉ！　もっとグチャグチャに掻き回してぇっ！」

肉ヒダが武の怒張にこすり立てられるたびに、自ら尻を振り乱して悶える。そして、

「だ、だめっ！　へ、変に、変になっちゃうよ……んくぁっ!!　そ、そんなに早く……またイッちゃうぅ……ッあ！」

——瞬く間に、2度目の絶頂を迎えた。

「おいおい、オレだけ置いてけぼりかよ！　勝手なヤツ！」

武は嬉しそうに毒づくと、すごい力で締め上げてくる桜子の粘膜から、肉棒を勢いよく引き抜いた。

「ひぐっ……」

「今度は、オレをイカせてくれよぉ！」

そして、引き抜いた拍子に肉ヒダがめくれ上がった秘裂へ、再び最奥まで叩《たた》きつける。

入院７日目

「……かっ、あああああああぁッ!!」

ノドの奥からしぼり出すような、桜子の絶叫が周囲に響いた。

武はただちに彼女の腰を両手で抱え、背後からグリグリとこね回す。

すると、秘裂は相変わらず、しがみつくようにして怒張に絡みつく。

「あっ！　ああン！　だ、ダメぇ！　許してぇ！　こんなに何度もなんて……もっとメチャクチャにしてぇ！　オ○○コが、まだヒクヒクいうのぉっ!!」

疲労と快楽の狭間《はざま》に揺れて、桜子の悲鳴が支離滅裂になってきた。

彼女の限界が近いことを、武はさとった。そして、彼自身も——。

「ハァ、ハァ……は、腹いっぱいになるまで、大好物を流し込んでやるよ！」

「そ、そんな、何度も奥に出すなんて……アウアアア

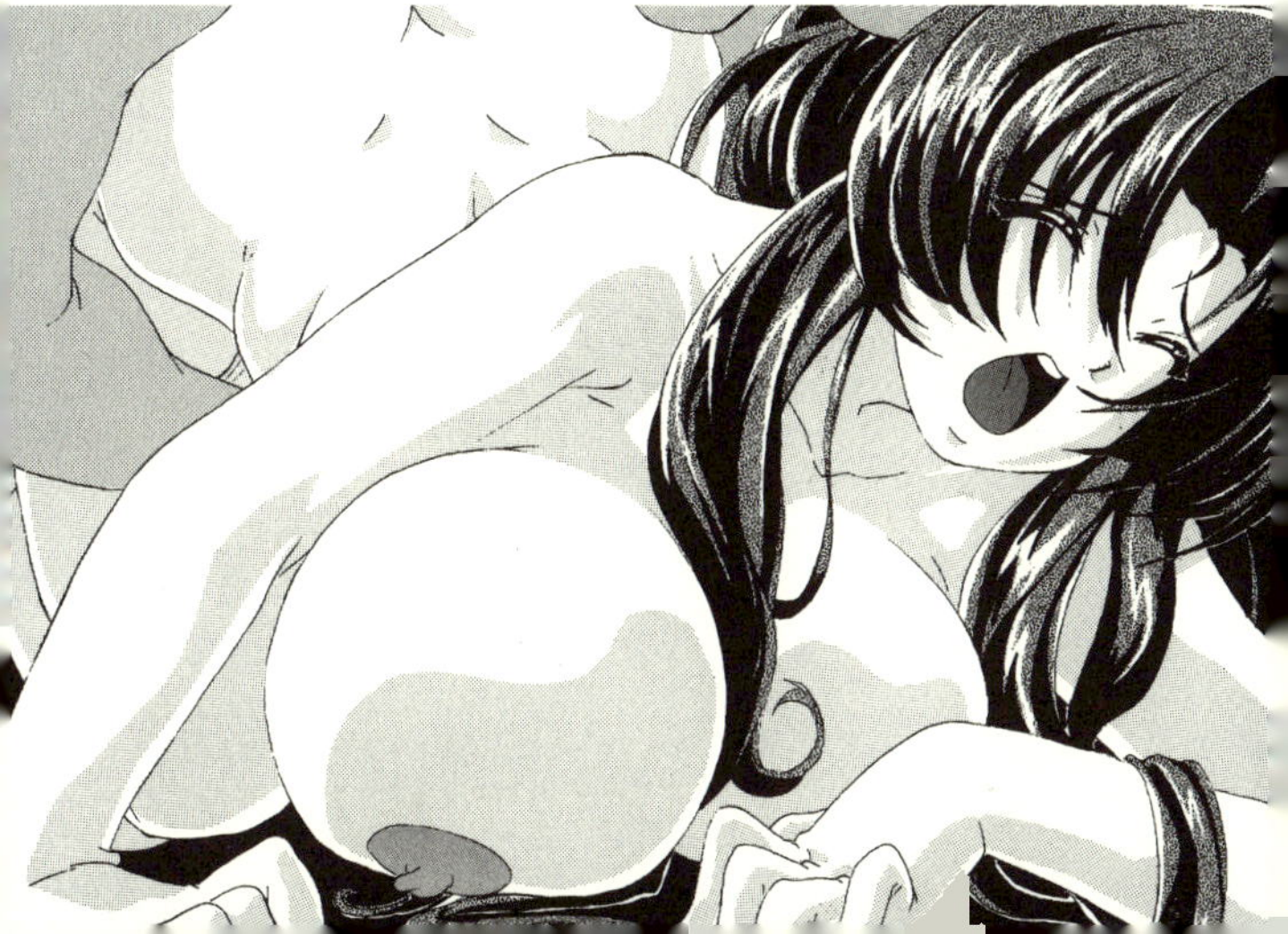

ッ！」

「ダメなのか⁉　……いいんだろ、桜⁉　出しちまうぜ⁉」

「あああ……あっ、ダメぇ！　ア、アタシ、イ、イクうっ！」

「い、いいぜ！　オレもすぐに……くぅっ！　桜ぁっ‼」

「……アアアアァッ！　イッちゃうよ、武ぃいっ‼」

互いの名を叫んだ瞬間、武と桜子の結合部分からは、再びふたりの混合液があふれ出した——。


「あっ……あれが限界と思ったら……」

——武は中天の満月を見つめながら、仰向けのままで呟いた。

「まさか……抜かずの5発になるとは……チ○ポを抜く前に、腰が抜けるぞ、オイ」

「……別れてた間の分だと思えば、まだ全然少なくない？」

「一括じゃなくて、分割払いにしてほしいなぁ」

下手《へた》なジョークを口にしながら、彼は隣に横たわる桜子の乱れ髪を掻き上げる。

彼女の瞳には、今まで見たことのないような、安らかな笑みが浮かんでいる。

その澄んだ瞳の端で、月光を浴びた大粒の涙が、宝石のように輝いていた。

「ねえ……素直な気持ちで話すと……すっごく楽だね……」

「オレなんか、いつだってそうだぜ？」

「アンタはちょっと自制しなさい！」

「ハハハ、そうだな」

「……ねぇ？」

「ん？　……んむっ！」

密《ひそ》やかな言葉のやりとりは、桜子の唇でさえぎられる。

長い時間キスを交わした後、彼女はハラハラと清らかな涙を流しながら、ささやいた。

「これからも……ずっとアタシに、素直でいさせて、ね……？」

「……ああ。ずっと、な？」

胸板に頭を預けてくる桜子を、武はそっと抱きしめる。

彼が、最愛の恋人を取り戻した瞬間だった――。

「……うん……」


――武はひとつだけ、致命的な失敗を犯した。

絶対に認めてはいけない言葉を、そのまま聞き流してしまったのだ。

失敗の代償は、長い時間をかけて払うことになる。
『これからも……ずっとアタシに、素直でいさせて、ね……？』
その一言の持つ恐ろしさに、武はまだ、気付いていない――。

退院——１年後

「それじゃ、あとはヨロシクね！　アタシの後輩にちょっかい出さないで、ちゃんと留守番してんのよ」

「……ちょっと待てよ、桜っ！」

玄関でハイヒールをはく桜子に、武は慌てて怒鳴った。

「せっかくの休みなのに、どこ行こうってんだ⁉」

「ヘッヘッヘ～……合コン♪」

「コラコラコラ！　彼氏に留守番させて、女が合コンに行くくって、オカシイと思わんか⁉」

思わず逆上しかける武に、彼女は腰に手を当てて、昂然《こうぜん》と言い放った。

「アタシが『ずっと素直でいさせて』って言ったら、アンタ、オーケー出してくれたじゃない！　だからアタシは、合コンに行きたいって気持ちに、素直に従ってるだけよ」

「うぐっ！」

「だいたい、カレシカレシって、エラそうなこと言いたいんだったら、さっさと仕事見つけて自分で部屋借りなさいよ！」

「うぐぐぐぐ……」

痛いところを突かれ、武は何も言い返せない。

桜子は容赦なく、追い打ちをかける。

「それよりもアンタ、声が大きいわよ。もっと静かにしなさい」

「お前に言われたかないわっ！」

「いいの？　いつ、周りの皆の気が変わって、アンタがアタシの部屋を放り出されるか、知れたモンじゃないわよぉ～？」

「そ、そりゃ分かってるさ……だから、そーならないように、みんなの分の掃除とかゴミ捨てなんか手伝って……」

「当然でしょ！　あ、今日は生ゴミの日だから、みんなの分もよろしくね♪」

「げげげげげげげっ！」

「ええと、それから……」


——何故《なぜ》、武がここまで桜子に虐《しいた》げられているかというと。

彼が、看護婦の女子独身寮の居候という、極めて弱い立場に置かれていたからである。

屋上での一夜で、桜子とヨリを戻したまではよかった。

しかし翌日、検査結果がアッサリと出てしまったのだ。

『大仁田さんのは、単なる食あたりでしたねぇ。もう退院して結構ですよぉ～』

最後まで名前を間違え続けた鈴奈の〝退去宣告〟により、武は再び、借金取りに追われる生活に戻らなければならないところだった。

そんな彼を救ったのが、他ならぬ桜子である。彼女は独身寮の住人全員に頼み込み、寮

退院——1年後

の雑務を手伝わせるという条件付きで、武との同居の許しを得た。

そのおかげで、桜子と同棲《どうせい》できているワケだが——このような環境下に暮らすのは、彼としては肩身が狭いコトこの上なかった。

となれば、ついつい愚痴のひとつもこぼれてしまうのは、当然といえよう。

「ちくしょう……オレだって、ちゃんと就職したいのは山々なんだよ。でも、借金やら就職難やらのせいで、そう簡単には……」

「……ちょっと、武！　アタシの話、聞いてるの⁉」

「え？　あ、なに？」

不意に現実に引き戻され、キョトンとした顔をする武。

桜子は軽く肩をすくめると、いま言った内容を繰り返した。

「だ・か・ら！　アタシが帰ってくるまでに、カッコイイ男の子の名前と、カワイイ女の子の名前を考えといてって言ったの！」

「そりゃまあ、いいけど……どーしてまた？」

「オメデタだもん」

「誰《だれ》の？」

「アタシたちの」

退院——１年後

「そりゃ、真面目に考えなきゃな……って、何ぃぃっ!?」

つい聞き流しかけて、武は心の底から仰天する。

「オ、オレたちの赤ちゃんだとぉ!?」

「アレ？　言ってなかったっけ？」

「オイオイオイオイ！　聞いてないぞ、オレは!!」

「だから、あれほどナマで中出ししちゃダメだって、口を酸っぱくして言ったのにぃ」

声を張り上げる彼に、桜子はしかめ面を作って語った。

「何度も何度も奥で濃いの吐き出して、思う存分イッちゃったアンタが悪いんだからね」

「そんなコト言ったって……って、ちょっと待てぃ！」

弱々しく反論しようとした武の顔に、いきなり怒りの表情が浮かんだ。

「何よぉ、声がデカイわねー」

「よく考えたら……ありゃ、お前が安全日だからって言ったからじゃないかっ!!」

「…………」

武の主張を聞いた桜子は、しばらく押し黙った後、正面から彼の目を見つめて、一言。

「……そーだったっけ？」

「だったっけ、じゃなくて……ハッ!?」

――できれば、安全日が2ヶ月以上続いた時点で、武は気付くべきだった。

「さ、桜……お、お、お前まさか、オレをハメたなぁ!?」

「ハメたつもりが、ハメられて～……ってか♪」

「しょーもない歌を作ってる場合かぁっ!?」

わめく彼を後目に、桜子は女子寮の玄関に手をかけた。

「じゃ、今日は遅くなるから。晩ご飯はいらないからねー」

「オ、オイ！　遅くなるって、どういうコトだよ!?　……まさかお前、朝帰りなんてしねぇだろーな!?」

「さあねぇ～」と、空とぼける桜子。

「ひょっとしたら、素敵な出会いなんか、あったりしちゃうかも知れないしぃ～」

「お、お前っ、その思わせぶりな顔は何だよ!?　大体、オレというものがありながら……」

武の頭に血が上る。

それを見た桜子は、急に真面目な表情で彼を見つめた。

「ねえ、武……」

退院――１年後

「な、何だよ急に、そんな潤んだ瞳《ひとみ》で……」

「アタシの彼氏は、アンタひとりよ。子供だって、アンタとの間にしか欲しくないわ」

「桜……」

「だから、約束するね……アタシが他のオトコとヤル時は、絶対ゴム着用！」

「なーるほど。それなら、病気の心配もなくて一安心……できるかぁっ!!」

武の華麗なノリツッコミを無視して、桜子は笑顔で女子寮を出る。

「妊娠中にヤル分には、子供ができる心配もないし……じゃ、あとヨロシク～♪」

彼女の楽しげな背中に、武の悲痛な叫びは、あっけなく跳ね返された。

「あ、ちょ、ちょっと待てよ！　オレの話を聞けってば！　桜ぁ～っ!!」


『これからも……ずっとアタシに、素直でいさせて、ね……？』


――ヒモ同然の生活。しかも、気がつけば父親。

たった一言を認めた代償は、とても大きなものであった。

「オ、オレ、人生の選択マズったかも……うわあああっ！　誰か、オレの人生をリセットしてくれぇ～っ!!」

# あとがき

　このノベライズのヒロインが看護婦だということで、島津は妹（現役ナース）に話を聞いてみました。

　やはり、看護婦という職業は大変なようです。重労働だし、夜勤も多いし。

「だからこそ、看護婦の資格があれば、ゼッタイ食いっぱぐれない！」とは、たくましい我が妹の言葉ですが……「てなワケで、これから夜勤だから息子の面倒よろしく♪」と、甥っ子の世話を押しつけられても、僕が仕事にならないんですけど（笑）。

　ちなみに、周りは医者ばかりですから、〝玉の輿〟が狙えるんじゃないかと個人的には思ったのですが……それについては、友人（新米医師）が答えてくれました。

「手なんか出せるか！　他の看護婦の手前もあるし、人間関係がややこしくなる」

　……ちなみに現在、ヨソの病院の看護婦に手を出してるそうです（笑）。


　最後に、原作ゲームメーカーのアーヴォリオ様と、パラダイムの久保田様&川崎様、そしてこの本を買ってくださったみなさんにお礼を申し上げます。どうもありがとうございました。

島津出水

# 注射器 2

2001年10月30日 初版第1刷発行

著　者　島津 出水
原　作　アーヴォリオ
原　画　こうよう

発行人　久保田 裕
発行所　株式会社パラダイム
〒166-0011東京都杉並区梅里2-40-19
ワールドビル202
TEL03-5306-6921 FAX03-5306-6923

装　丁　林 雅之
印　刷　図書印刷株式会社

乱丁・落丁はお取り替えいたします。
定価はカバーに表示してあります。

# 〈パラダイムノベルス新刊予定〉

☆話題の作品がぞくぞく登場！

10月

## 124. 恋愛CHU！
### ～彼女の秘密はオトコのコ？～

SAGA PLANETS　原作
TAMAMI　著

慎吾がメールで知り合ったのは、NANAという女の子。NANAこと七瀬は慎吾に会いたいあまり、男女交際が禁止されている全寮制の学校へ、双子の弟になりすまして転校してきた！

## 128. 恋愛CHU！
### ～ヒミツの恋愛しませんか？～

SAGA PLANETS　原作
TAMAMI　著

慎吾は寮で同室の女の子NANAと深い関係になっていた。だが、学校の授業やクラブ活動でいっしょになる、女の子たちのことも気になっていて…。慎吾とNANAの恋の行方は？

10月